神秘の子
裏山おもて
ill.生煮え
～数秘術から
はじまる冒険奇譚～
JN243098

ヴェルガナ
リリス
ルルク

《ガウイ》

ロズ
ララハイン

神秘の子

～数秘術からはじまる冒険奇譚～

裏山おもて

ill. 生煮え

CONTENTS

0 悪ガキたちと天使な妹 004
プロローグ 人生最後の物語 013
1 ルルクという5歳児 035
2 トイレの水が流せません 050
3 公爵家の恥さらし 064
4 兄と妹 086
5 ともだち? 114

6 屋敷脱出大作戦 122
7 冷静沈着 135
8 路地裏の死線 147
9 数秘術スキル 160
10 最近、ガウイの様子がおかしい 191
エピローグ 別れ、そして遥かなる出会い 217

CONTENTS

〇　悪ガキたちと天使な妹

最近、よく感じることがある。

五歳の体は本当にままならない。


「はっはっは！　どうだルルク、オレ様の強さ思い知ったか！」

よく晴れた日の昼下がり。

初夏の雲が浮かんだ爽やかな青空の下で、偉そうに腕を組んでいるのはぽっちゃりとした体型の七歳の少年。

「ふ、ふん！　わざと負けてやったんだよ」

対して、訓練場の地面に這いつくばって負け惜しみを言ったのは五歳の少年。

少年の名前はルルク。

それがいまの俺だった。

近頃は幼い子どもの体に四苦八苦しながら過ごしている。

「へへっ、兄より優れた弟なんて存在しねーんだよ！」

そんな俺をふんぞり返って見下ろしながら、どこかで聞いたようなセリフを吐いたぽっちゃり少年――ガウイは高笑いを続けた。

「おめぇなんか剣でも武術でもオレ様の足元にも及ばねぇんだよ！　これからは身の程をわきまえてオレ様をソンケーしやがれってんだ！　いいかもう一度言ってやる。兄より優れた弟なんて誰ひとりいねーんだよ！　この負け犬が！　べろべろばー」

たかが二歳差、されど二歳差。

この歳の二年は身体的に天と地ほどの差が出る。勝てる道理は最初からなかったんだけど……煽ってくる顔がムカつくから揚げ足をとってやろう。

「でもさガウイ。その理論だと、おまえも我がムーテル家じゃ永遠に五番目のままだよ」

「え？　……あ、ナシ！　いまのナシ！　弟は兄より優れてるかも！」

自分にもたくさん兄がいることに気づいて、前言を撤回するポンコツ少年だった。

七歳にしては恵まれた体格とパワーを持っているガウイだけど、オツムのほうはご愛嬌なのだ。

そんなガウイは地面に刺していた木剣を抜きながら、俺たちの勝負を見ていたもうひとりの子に自慢げに振り返った。

「どうだリリス、こんなモヤシじゃなくてオレ様のほうがカッコよかっただろ？」

「む～」

近くの椅子に座っていたのは、天使のように可憐な四歳の少女。

「ルルお兄ちゃんにヒドイことした！」

「え？　いやリリス、これは訓練で」

「ガウイお兄ちゃんなんてキライ！」

「うぐっ」

頬を丸くして怒ったのは俺とガウイの妹——リリスだった。

俺たち三人は腹違いの兄妹だ。同じ父親の血が流れているからみんな茶髪だけど、瞳の色はバラバラだ。

リリスの澄んだ青い瞳に睨まれたガウイは、膝から崩れ落ちた。

相当足にキテるようだ。強烈な言葉のボディブローだぜ、ナイスだ妹よ。

「ルルお兄ちゃん、だいじょーぶ？」

椅子から飛び降りて駆け寄ってきたリリスが、俺の顔を覗き込んだ。

さすがに四歳の女の子に心配してもらうのはちょっと情けないな。綺麗に投げ飛ばされたけど受け身も取ったし怪我はしてない。ちょっと背中が痛いだけだ。

平気な顔をして起き上がる。

「なんともないよ。それよりリリス、こっちは汚れるから向こうで座って待ってて」

「リリも遊びたい」

「これ訓練だから。終わったら遊んであげるから、ね？」

「うん。わかった」

コクリとうなずいて、椅子まで戻っていくリリス。

素直な子だ。

隣で、その姿をうらやましげに見つめたガウイがちらっと俺に視線を向けた。

「……なあルルク」

「なに？」

「せーのでオレと頭ぶつけてみないか？」

何言ってんだコイツ。

「お、おめぇが昨日『頭ぶつけたら人格が入れ替わる』って話したんだろ！　オレだってリリスに優しくされてぇんだよ！　ずりぃんだよおめぇばっかり！」

「それベタな作り話だし、文句は自分に言いなよ。いつも意地悪ばっかするから嫌われるんだぞ？」

「だ、だってそれはリリスが可愛すぎて……」

「はい自業自得。というかガウイ、嫌われてる自覚あったんだね」

「き、嫌われてはねぇよ……リリスはその、少し恥ずかしがってるだけなんだ！」

「まあ、ときには真実から目を背けたくなるよね」

「うっせぇてめぇぶっ殺——はぐぁっ⁉」

キレて木剣を振りかぶったガウイの脳天に、拳骨(ゲンコツ)が落ちてきた。

いつの間にか俺たちの背後にいたのは、筋肉ムキムキの老婆だった。

「アンタら、また喧嘩してんのかい」

呆れたように言う彼女はヴェルガナ。

両瞼(りょうまぶた)に大きな傷があり常に目を閉じているが、年齢と盲目を感じさせないくらいにやたら強い婆ちゃんだ。

　ちなみに俺たちの戦闘訓練を指導している鬼教官でもある。

「剣は守るために振るうものさね。怒りで振るうものじゃないって、なんべん言ったらわかるんだい、このクソガキ」

「てめぇクソババア！　また殴ったな！　オレはリョーシュの息子だぞ！」

「だからどうしたってんだい。そんなに剣を振りたけりゃ相手になるさね。ほれ、かかってこんかい」

「うるせぇ！　今日こそボコボコにしてやる！」

　うおおお、と気合十分にヴェルガナに突っ込んでいくガウイ。

　その気概だけは尊敬に値するけど、数秒後には地面に横たわることまで含めて予定調和（いつものこと）だ。

　案の定、すぐにボロ雑巾みたいな姿になったガウイ。

　俺は両手を合わせて拝んでおく。

　来世ではいい人生を送るんだぞガウイよ。南無。

「なに無関係なツラしてるんだい、ルルク坊ちゃん。次はアンタの番さね」

「丁重にお断りさせて頂きます」

「拒否権はないさね。ほれ、とっとと構えな」

　子ども用の木剣を投げてきたヴェルガナ。

　くそ、なんとか逃げる方法はないものか。ヴェルガナと打ち合い稽古するのは心底イヤなんだよなぁ。

　なにがイヤかってこの老婆、強いとか以上に――

「来ないなら行くよ。ほれほれ」

「ちょっ！　不意打ちは卑怯ですよ、ヴェルガナ！」

「本番の戦いに合図があるとでも思ってんのかい？」

「ぐぬぬぬっ」

　正論を振りかざして暴力で殴ってくるタイプなのだ。

　しかもガウイ以上にサドっ気が強いからタチが悪い。

「握りが甘いよ。しっかり力込める」

「ぐっ、あでっ、ぎぃ、痛っ！　つ、強く打ちすぎでは⁉」

「そうかい？　いつも通りだけどねぇ」

　のほほんと言いながらも、俺が反応できるギリギリの速度と力で打ち込んでくる。

　ちくしょう。防御に精一杯で攻勢に回れない。衝撃で手がちょっと痺れてきた。五歳の体は想像以上にスタミナも乏しいんだ。

「ほ、本当ですか、いつもより憂さ晴らし感が強いような気が！」

「そりゃ今日の朝食の目玉焼きが半熟だったからねえ」

「それだけ⁉」

「アタシは完熟派なんだよ。そういうわけでトドメだよ」

「り、理不尽すぎべふばばばっ」

剣術の訓練？

ええそうです。こうして毎日剣術や体術の訓練をしておりますけど、半分は鬼教官（ヴェルガナ）のストレス発散ですね。

再び地面に倒れた俺は、スッキリとした表情のヴェルガナを見上げてひとこと。

「……クソババアめ」

「何か言ったかいね？」

「ご指導ありがとうございました！」

こうして俺たちは毎日ヴェルガナの餌食となっているのだ。

……あれ？　そういやガウイはどこ行った？

まさか逃げ帰ったってことは——と思っていると、遠くに見つけた。訓練場の近くの木陰に隠れて、こっちの様子をうかがっている。

何をする気かは聞かなくてもわかった。目をギラつかせて指を二本立てたそのポーズ。それはまさしく、俺が教えた必殺技『バックゲートブレイク』の構えなのだ！

ようし。そうとわかれば協力してやるぜ。

「よしヴェルガナ、もう一本お願いします！」

「……おや。訓練嫌いのルルク坊ちゃんが、どういう風の吹き回しかねぇ」

訓練はキライだ。

でも、やられっぱなしはもっとキライなんだ。

確かに五歳の体じゃ圧倒的強者のヴェルガナに対して何もできないけど、ただの五歳児と侮るなかれ。

こちとら人生二回目なんだよ。

「いざ正々堂々と勝負です、ヴェルガナ！」

「ふむ。まあいいさね。かかっておいで」

俺はじりじりと移動して、ヴェルガナの真後ろにガウイが来るよう位置調整。

よしいいぞ、そうだガウイ。足音を消してゆっくり近づいてくるんだ……盲目のヴェルガナは音に敏感だからな。くれぐれも慎重にだぞ、俺がそのあいだ時間を稼いでやるからな！

「ふん！　ふん！　ふん！」

「そんな遠くから何をやってるんだい」

「斬撃を！　飛ばす練習です！」

「アンタにそんなことできるワケないさね。ふざけてないでかかってきな」

「諦めたらそこで試合終了ですよ！　ふん！　ふん！」

「……何がしたいんだい」

首をひねるヴェルガナ。

その隙にガウイはみるみる近づいてきて、ついにその背後を取った。指先をキランと剣のように研ぎ澄ませ、大きく振りかぶってヴェルガナの尻に向かって振り上げる。

よし、このタイミングなら決まる！　行けガウイ！

「必殺！　バックゲートブレ――」

「バレバレさねクソガキども」

ヴェルガナは一瞥(いちべつ)もせずに、半歩ずれるだけで必殺技を回避しやがった。

「なんだとぉ⁉」

「そんな！　俺直伝の暗殺術が！」

「アンタたちの考えることなんざ寝てもわかるさね。じゃあ今度はこっちの番だねぇ」

「くそっ来やがれババア――ぶばっ」

「ち、違うんです！　ガウイがやれって――あべっ」

「お、お兄ちゃん！」

こうして俺とガウイは見事に撃沈し、リリスが慌てて駆け寄ってくるのだった。

慣れない体に苦労しながら、悪ガキの兄と天使な妹、ドSな老婆に囲まれてこんな日々を過ごしている。

数ヶ月前まではただの高校生だった俺が、なぜこんな状況になっているのか。

まずは手短に、その経緯を話してみることにしよう――

「先輩……せんぱい！」

卒業式の日のことだった。

集合写真を撮るからと、校庭の隅で待機していた俺たち三年二組の面々。

クラスに仲の良い友達がいなかった俺——七色楽(なないろらく)は、桜の木の下でヒマをもてあましてスマホを弄っていた。

趣味の創作神話サイトめぐりをしていると、誰かに話しかけられたような気がして顔を上げる。

とはいえ周囲には人が溢(あふ)れ返っていて、誰から話しかけられたのかわからない。目が合った相手はいなかった。

この桜の木は有名な告白スポットにでもなっているのか、ここ一帯は聞くのも憚(はばか)られるような甘い声でひしめいていた。

このシチュエーションで話しかけられるような実りある人間関係に心当たりはない。

そう思って視線をスマホに戻した。

「……ん？」

いつの間にか覚えのないページが開いていた。

広告でも踏んだかと思ってすぐに消そうとしたが、文章が妙に気になってつい読んでしまう。

物語の導入のような、そんな一文だった。


『かつて、すべては無であった。

しかしあるとき有[1]が生まれた。それは世界そのものだった。

生まれたての有[1]は、一日目に虚[0]を作った。しかし虚[0]は世界の裏に生まれ、決して互いに出会うことはできなかった。

二日目、有[1]は秩序[2]を創った。世界は規律で満ちた。

三日目、有[1]は頂点[3]を創った。世界に終焉(しゅうえん)ができた。

四日目、有[1]は循環[4]を創った。世界が現象となった。

五日目、有[1]は時空[5]を創った。世界は進み始めた。

六日目、有[1]は完全[6]を創った。世界は不完全になった。

そして七日目、有[1]は個性[7]を創り、こうして原初の世界が完成した。

有[1]によって生まれた子らは原初世界を祝福し、さらなる世界を創り始めた。

やがてあらゆる世界には元素や生命が溢れ、それらは有[1]を星誕神と崇めた。

星誕神とその子らがもたらした奇跡の七日間は、創世期として記録されることとなった――』


「……なんだコレ」

数字を神に例えるなんて珍しいパターンだな。

作者が気になったけど、そのサイトには他に何もなくサイト管理者が誰なのか、どこからアクセスできたのかもわからなかった。

うーん、気になる。

「せ、先輩！　せんぱいっ！」

「……ん？」

ガヤガヤとした喧騒に混じって、またもや鈴が鳴るような高い声が聞こえた気がする。

俺はスマホ画面から再び顔をあげた。

そこにあったのは、さっきよりも明らかに増えた人だかり。

「先輩、好きです！」

「会長！　第二ボタンください！」

「キャー部長こっち向いてぇ～」

人、人、人人人……。

女子たちが黄色い声を飛ばしながら桜の木に群がっていた。

「……人口密度すごいなぁ」

俺は新鮮な空気を求めて、空を見上げて息を吸った。

天気は快晴。まさに絶好の告白日和だ。

そんな春の陽気に、花の蜜に誘われたハチのように集まっている女子たちの目的は、もちろん俺ではない。

彼女たちの目的——むしろ標的は、いつの間にか俺の目の前に陣取っていた三人の美少年たち。

通称〝イケメンＢＩＧ３〟と呼ばれているモテ男たちだ。

彼らはそれぞれ何ダースかもわからない数の女子たちに囲まれ、爽やかな青春の一ページを更新していた。

俺もキャッキャウフフと飛び交う歓声を向けられている三人のイケメンをチラリと眺めた。

乙女ゲームの攻略対象にいても不思議じゃない顔立ちだった。耳元で甘い言葉を囁(ささや)かれたら、俺でも簡単に堕ちてしまうかもしれない。

そんな彼らの背中と桜の木に挟まれて、肩身の狭い俺だった。

……うん、大人しくスマホでも触っておこう。

「せ、せんぱ——」

「ん？」

有象無象に紛れて、ひとりだけ俺に手を伸ばしてきた気がした。

視界の端にチラリと映ったのは、黒髪を真っすぐ伸ばした小柄な子。眉下で前髪を切りそろえていて、鼻が低く薄い顔立ちに赤い唇が特徴的だった、大和撫子と言っても名前負けのしない清楚な子だ。

とはいえ周囲のほとんどが黒髪だ。すぐに人の波に紛れてしまって姿が見えなくなる。

俺に話しかけたような気がしたが……気のせいだろう。自慢じゃないけど、俺は平凡という文字を人間にしたような見た目の地味顔だ。モブのなかのモブという自負もあり、彼らイケメンの背後にいれば、どんな高性能のカメラをもってしてもピントを合わせることは不可能だ。

それにこの三年間、目立たず騒がず地味な高校生活を続けていた。部活も入ってなかったし、もちろん後輩に仲の良い知り合いはいないはずだった。

こんなタイミングで話しかけてくれる相手にまったく心当たりはない。女子どころか友達すら一人しかいないような高校生活だったし……うん、泣いていいかな？　シクシク。

俺がイケメン三人衆の陰で涙を拭いていると、今度こそ俺の名前を呼ぶ声が聞こえてきた。

「七色くーん！」

さすがに名指しされたら勘違いではないだろう。

背伸びしてイケメンたちの肩越しに外を見てみる。群がる女子たちの向こうで、華やかな見た目の少女が、キョロキョロと周りを見渡していた。

「七色くーんどこー？」

「あっはい！　ここにいます！」

俺が片手をあげると、少女は目ざとく気づいてくれた。

「そんなとこにいたんだ！　七色くん、待っててね！」

彼女は、同じクラスの一神（いちがみ）あずさ。

クラスの中心人物のひとりで、品行方正、容姿端麗、文武両道という正統派美少女を体現したような人間だった。

しかしその性能に驕（おご）らず、人当たりが良くて誰からも愛されるような眩しい明るさを持っている子だ。友達百人どころか千人くらいはいるだろう。

まさに俺とは正反対の、どこにいてもカメラが映し出すような人間だ。

その一神は、女子たちの波をかき分けてこっちに来ようとして……しかし弾き出されていた。

優等生でも太刀打ちできないなんて、まるで冬の日本海の荒波のように立ちふさがる女子の群れだなぁ。

「きゃっ。もういちど……くぅ、なんのこれしき～」
二、三度チャレンジしてもすぐに人波に押し返される一神。
果たして一神は乗りこなせるか、このビッグウェーブを！

「い、一神⁉」

「ま、まさか俺に⁉」

「いや僕だろ⁉」

イケメンＢＩＧ３も一神の存在に気づいたようだ。

なぜか三人とも慌てて髪型を整え、襟元を正し、奪われかけていた第二ボタンを奪い返し始めた。手からボタンを奪い返されてすごい顔をした女子がいる。おいおいあんた、好きな人の前なんだから驚くゴリラの顔マネはやめとけ……いや、あの子は好きな人を笑わせたいのかもしれない。よし、そっとしておこう。

「や、やあ奇遇だね一神――」

「やはり最後は俺に想いを告げに――」

「やっと正直になったんだ――」

イケメンたちが色気づいて、周囲の女子たちを跳ねのけようとする。

よし、いまだ！

わずかに変わったその流れ、その隙を見逃す俺ではない。

脱出ルートを見つけ出し、軟体生物のごとく四肢の力を抜いて女子の隙間をスルスル進んだ。

「ひぃぃっ⁉」

「動きキモッ」

「ち、近寄んな！」

ひどい言われようだった。

まあ何とでも言うがいいさ。女子どもがドン引いてくれたおかげでより迅速に脱出できた。

そのまま一神と合流する。

「あはは。七色くん、また面白い動きしてたね。今度はなんていう動き？」

「話がわかるな一神。いまのは……名付けて〝タコ足歩行〟かな」

「へえ……タコって歩くんだっけ？」

「足が八本もあるんだから、二本くらいは歩く用なんじゃない？」

知らんけど。

一神は真面目に考えて、

「……そしたらさ、イカも歩くのかな？」

「うーん、そりゃ難しいかもしれないな」

「どうして？」

「あの平べったい体が正面からの水圧に耐えられるとは思えないから」

「ああなるほど――ってそうじゃなくて。クラス写真、次私たちの番だよ」

「呼びに来てくれたのか。ごめん、ありがとう」

本当に面倒見のいいやつだ。

小走りで動き出した一神のあとについて、俺もクラスメイトたちが集まっている場所へ移動した。

ちらっと振り返ると、なぜかイケメンたちがこっちに手を伸ばしていた。その腕を掴もうと群がる女子たち。腕に何人ぶら下がれるでしょうかゲームでも始めたのか。筋力自慢までできるとは、さすがイケメンＢＩＧ３だぜ。

「あずさ！　はやく！」

クラスメイトたちはすでに撮影位置に集合していた。

身動きの取れなかった愚か者は俺だけだったらしい。

いましがた手を振って一神を呼んだのは、いつも一神と一緒にいる親友ポジションのひとり――九条愛花だ。

九条は背の高いスレンダー美人で、たしか弓道部の部長だったはずだ。ベスト・オブ・モブの俺としては個人的な関りはなかったけど、一神経由でときどき話すから名前と顔は憶えている。

隣に滑りこんだ一神と俺を、九条が半目で睨んでくる。

「七色なんかほっとけばいいのに」

「もう、そんなわけにいかないでしょ」

「あずさは七色のこと世話焼きすぎ。ねえ、つるもそう思うでしょ？」

「七色……誰です？　そこの地味男（じみお）のことです？」

九条の向こう側から答えたのは、めちゃくちゃ小柄で不愛想なやつだった。

彼女は一神や九条のもう一人の親友——鬼塚（おにづか）つるぎ。

小学生にしか見えない幼児体型のロリっ子だが、じつは剣道部部長なのだ。しかも高校三年間の公式試合で一本も取られずに全国三連覇を成し遂げた運動神経の塊みたいな天才児。

小柄なのに負けない彼女は〝鬼塚無双〟と呼ばれてるらしく、名前もアニメキャラみたいで周囲からの人気も高いやつだった。口はものすごく悪いけど。

この鬼塚とは直接話したことはない。むこうも俺の名前なんざ憶えてないみたいだ。

ちなみに一神もテニス部の部長のときに全国大会出場、九条は弓道部で全国二位とかだったっけ？　それゆえこの三人はよく校内では注目の的になっていて、見た目も華やかだから男女問わず人気みたいだった。

当然、この三人娘はスクールカーストの最上位だ。

〝イケメンＢＩＧ３〟と並んで〝三女神〟とも言われているらしい。

一神が俺のようなモブにも気を遣う世話焼きじゃなけりゃあ、一生関わることのない相手だろう。この三人娘に認知されてるだけ奇跡といえよう。ああ、一人にはされてないけど。

そんなスペック差のあるクラスメイトがいれば、俺みたいな影の薄いやつに何か起こるはずもなく、良くも悪くも平凡な三年間だった。

「そこのちっちゃい子！　ごめん、君、顔が隠れるから最前列きて！」

カメラマンがこっちを見て言った。

あきらかに鬼塚のことだな。

「おーい！　そこの小さい子！　前の男の子と代わって！」

「つる、呼んでるよ」

「……つるぎじゃないです」

「あんたでしょ」

「ちがうです」

「現実見なさいって」

不服そうな鬼塚だったが、九条に急かされてしぶしぶ前の列に移動していた。

いつも一緒の三人で並んで撮りたかったんだろうな。決して自分がチビってことを認めたくないわけじゃあるまい。

カメラマンの指示で列を崩したり整えたりしながら、撮影時間を待つクラスメイトたち。

写真に思い入れがない俺は、ボケーっとしながら待っていた。

そんな俺の隣で、なぜか声をうわずらせながら一神が俺の顔を覗き込んでくる。

「そ、そういえば七色くん。今夜のパーティ参加するか決めた？　すぐ隣のイタリア料理屋さん貸し切り予約したんだけど……」

そういえば、先週のホームルームで言ってたな。卒業記念パーティーがどうとか。

俺は答えようと一神に首を向けて――のけぞった。

顔が近かった。

他人との距離が近いのは陽キャやリア充の悪いところだと思う。それに一神はただでさえ整った顔なんだから、もうちょっと距離を自重して欲しい。

こちとら心の底まで童貞ぞ？

動揺を顔に出さなかっただけ褒めて欲しいくらいだ。

「ねえどうかな？」

「あずさ、ぐいぐい行かないの。七色困ってるでしょ」

一神の肩を引いたのは九条。

おおナイスだ九条。

「それで、七色は来んの？」

もちろん俺の答えは決まっている。

「不参加で」

「なんで？　理由あんの？」

「それが、持病の身内の不幸が発症して――」

「ふざけてると殴るよ」

「冗談です。じつは唯一の友人と先約があってさ。まあ俺が行ったところでクラスに友達って呼べる相手もいないし、空気も白けるだろうから不参加でもいいかなって――」

「そんなことないよ！　七色くん面白いもん！」

「お、おう……ありがとう一神」

勢いあるフォローだった。

でも正直、わりと本音だった。

昔から他人との関わりは苦手だし、高校生活の三年間でもこれと言って仲のいい友達を作りはしなかった。心を許せる相手はいまも昔も幼馴染ひとりだけだ。

そんな俺が参加したところで、盛り下げることはあっても盛り上げる手助けにはならないだろう。

とまあ長々と言い訳をしてみたが、ようはコミュ障なのだ。

ヒト、タクサン、コワイ。

「そっか……」

あからさまに肩を落とした一神。

幹事だったんだろう。すまないとは思っている。

気まずくて視線を逸らした俺を睨みながら、九条が一神に小声で話しかけていた。

「いいのあずさ？　高校最後だよ」

「……でも、大学は一緒だし」

「そっか、そうしたんだっけ」

「た、たまたまそうなっただけだもん。誤解されるようなこと言わないで！」

「はいはい。ねえ七色」

腕をツンツンされて視線を戻す。

九条が一神の肩を抱えて、意地の悪そうな笑みを浮かべていた。

「これからもあずさのこと頼んだよ」

「頼むって……俺にどうしろと？」

「大学で変な男に掴まらないように見張っててよ。変なサークルに入らないようにも注意してあげてよ」

「……それは個人の自由じゃないか？」

「バカね。あずさが騙されたりしたらどうすんの。こんな美少女が入学してきたら悪い男なら放っておかないでしょ。あたしが男なら絶対狙うし」

「も、もう愛花ってば！　七色くんも、あの、どうか私にはおかまいなく……」

顔を赤くして俯く一神。

うーん、確かに悪い男に騙されそうだな。

しかし一神はたしか社会学部だったはずだ。こっちは文学部。学部が違えば校舎も違うはずだから、九条の言いつけを守るのは難しい気がする。

それに大学は勉学に励むところだ。とくに俺たちが通う大学には最新の国際情報共有システムが実装されており、世界中の提携大学との相互資料提供が迅速かつスムーズに対応可能。俺がこの大学を選んだのもそのシステムがあるからで、入学時に個人アカウントに貸し与えられる専用AIが学生のサポートをするのはもちろん、保存されている世界中の物語や伝承資料を自動で翻訳、あるいは原文のママ閲覧可能というネットワーク単位での優遇が受けられることを利点とした――

「ねえあずさコイツ大丈夫？　いきなり空見て笑い出したんだけど」

俺が思考に没頭したのを見て、九条が肩をすくめる。

一神はきょとんとして、

「それが七色くんの面白いとこでしょ？」

「……ほんと、あずさは変わってるわ」

「そーお？」

そんな風に話していると、カメラマンの指示を受けた高身長男子が俺の隣に来た。

イケメンBIG3ほどではないが、俺とは比べるべくもない整った顔をしたスタイルのいい男だ。

そいつは俺の隣に来ると、いきなり肩を組んできた。

いや近いって。キミたちのパーソナルスペース狭すぎないか？　こちとら強制ゼロ距離は同人誌即売会(コミケ)でお腹いっぱいなんだけど。

「よう七色見てたぞ。おめぇさ、また一神に迷惑かけてたなオイ」

茶色に染めた髪、耳に開けたピアス。

ときどき俺に絡んでくるこのイケメンは、たしかサッカー部の……。

サッカー部の……。

「……山田？」

「山柿だ！　元サッカー部キャプテンの！」

なんだ一文字違いか。惜しいじゃないか。

この山柿、一神と話しているといつも絡んでくるんだよな。あと、最初名前を間違ってたら毎回『サッカー部の！』ってつけるようになったから、サッカー部のひとってイメージが強すぎて逆に名前が憶えられなくなった。

俺は肩に置かれた手をさりげなく払いながら、

「それで山本、俺になにか？」

「山柿だって！　いい加減憶えろよ、もう三年経ったぞ！」

「三年……そうか。もう卒業だもんな……」

「いま物思いに耽んじゃねぇよ！」

「あれ？　そもそも話したことあったっけ？」

「修学旅行でも文化祭でもボッチのおまえを同じ班に入れてやっただろ」

そういえばそうだったな。

やたら絡んでくるから、修学旅行の二日目からめんどくさくなって持病の仮病を使ってホテルでくつろいでたんだっけ。

「ごめんな山形、憶えられない名前って全然憶えられなくて……」

「頭痛が痛いみたいに言うな！　んで柿だっつうの」

「がんばる。カニにぶつけられるひと」

「サルカニ合戦で憶えんなよ！」

「え～憶えやすいのに」

「たった一文字を連想ゲームにすんな！」

「まあまあ山柿くん、七色くんも悪気があるわけじゃないから」

すかさずフォローしてくれる一神。でも正直、悪気はあります。

それが気に障ったのか、ますます俺を睨みつける山柿。

嫉妬心から俺を攻撃したがっているだけみたいだから、俺もからかって遊んでいるのだ。

とはいえ人間同士の恋愛に巻き込まないで欲しい。

どうせ巻き込まれるならギリシャ神話のドロドロ愛憎劇がいい。誰と誰が血縁かわからなくなるくらい複雑な神々の遊戯(エロス)に足を踏み入れてみない？　昼ドラが爽やかなミントテイストに感じてくるよ。

「せめて山岡が半神半人なら……」

「なにわけわからんことを。あと柿」

「わかった。八年のひと」

「だから文字増えてる！」

残念ながら神話には興味なさそうだな。

人間の恋愛より、よっぽどドラマやロマンが詰まってるだろうに。

よし、ここは俺のプレゼンが火を噴くぜ。

「考えてみるんだ山倉。伝承神話は数あれど、それらには歴史が詰まってるんだよ。歴史そのものと言ってもいい。数多の語り部、あるいは人々の言葉を経由して語り継がれたり紡がれ続けてきたりしたものなんだぞ。歴史が、時代が、その物語を肉付けしてきたと言っても過言じゃない。それは現代人の恋愛なんていう薄っぺらいものに比べて――」

「お待たせしました！　それでは撮影します！」

「くそ、時間切れか。続きはまた今度な山崎」

「いらねぇし俺は……はぁ、もういい」

魅力を伝えきれなかったようだ。俺の腕もまだまだだな。

でもこの山柿くん、ずっとツンケンしてるのにからかっても喧嘩にはならないんだよ。むしろ全力でツッコんでくれるから、コミュ障の俺も話しやすい。

チャラチャラした見た目で敬遠していたが、よく考えたら中身は好感が持てる相手だ。もし卒業しても会うことがあれば、今度こそ神話の魅力をたっぷりと伝えてこっちの世界に引きずりこもう。

と。俺が決意を新たにしたときだった。

ふと、この場に黒い影が落ちた。

あまりに不自然な影だった。

俺たちのいる地面だけが、突如現れた濃密な黒い影に覆われた。白い雲が太陽を塞いでいるというより、重く分厚い物が光を遮っているような。

最初に空を見上げたのはカメラマンだった。

カメラマンは絶句し、カメラを放り投げて逃げ出した。

その驚愕の視線につられて、三年二組の少年少女たちも首を真上に向ける。

「えっ」

最初に悲鳴を上げたのは、誰だったのか。

鉄の塊だった。

太陽に重なって落ちてきたのは、塗装された鉄塊。

その重厚な影は、本来の機能を失って垂直に落下していた。上部にあるはずのプロペラが地面を向いて、丸みを帯びた巨大な全体像はみるからに力を失っている。

もっとも、もしここから機能を取り戻したとしても、どうすることもできなかったに違いない。

とっさに逃げようとして転ぶ者。

腰を抜かしてしまう者。

驚いたまま固まってしまった者。

「ひっ」

強く腕を掴まれて、呆然としていた俺はようやく我に返った。

一神が怯えた顔で俺の腕にすがりついていた。その一神の腰には、九条が抱き着いて目を見開いていた。

「――逃げてぇ！」

鈴鳴りのような高い叫び声が聞こえた気がした。

どこへ？

そんなふうに冷静な声が、脳内で答えた。

どんなに素早い思考をしても。

どんなに俊敏に動いても。

もはや間に合わなかった。

絶望をもたらす巨大な鉄塊は、すでに眼前に迫っていたのだから。

結果、俺にできたのは一神と九条に覆いかぶさり、彼女たちの生存率を少しでも上げることだけだった。

重力に引かれた巨大な質量の前では、なんの意味もないことを知りながら。

……ああ、こりゃ死んだな。

走馬灯を見る間もなかった。

俺たちはこうして、あっけなく鉄塊に潰されてしまった。

こうして卒業式のその日、俺たち三年二組の四十人全員が死亡したのだった。

Ｔｉｐｓ．【クラスメイト一覧：出席番号順】

秋元美都里
飯塚晃
猪狩豪志
一神あずさ
稲葉羽咲
五百尾憐弥
遠藤保津
岡崎智弘
鬼塚つるぎ
恩納那奈
加藤正平
木村誠一

金城美咲
九条愛花
小早川玲
桜木メイ
宍戸直樹
四葉幸運
瀬戸ナディ
橘萌
舘田由香
茅ケ崎六郎
秩父一真
徳間十三
富安絵梨
七色楽
二階堂ゆゆ
ネスタリア=リーン
野々上ちこ
二十重岬

八戸結花
福山翔
藤見初望
真壁圭太
三田真治
山柿聖也
山口由紀
吉田愛
吉村光
綿部寧音

1 ルルクという5歳児

≫『数秘術7：自律調整（セーフティ）』が発動しました。

……。

………。

……………………。


世界には、数えきれないほどの昔話がある。

名だたる神話を始めとして古くから伝えられてきた寓話、民話、御伽噺。

内容に虚実はあれど、どんな国でもそこに人の歴史がある限り伝承や物語は存在する。流行り廃りがあったとしても人々が何かを語り継いでいくということ自体は普遍的なものだ。

かつて孤立していたそれぞれの世界は、いまではすべて繋がっている。おかげでそれらの物語たちは、生み出されたころには想像もしてなかった遠い大地にまで届いている。

文化や言語を超えて、物語は広がることができる。

俺は、ひとつひとつの物語が生まれた背景を知りたかった。

どんな風に語り継がれてきたのか。政治や宗教との関係は？　経済的価値がどれほどあったのか？　原点はどこにあるのか。ひとつの文化圏だけじゃなく、複雑に絡み合った神話たちの繋がりは？


大学に入れば、思う存分研究できる。

そう思っていたところだったのに、ヘリコプターに押し潰されて死ぬという奇想天外な結末がその未来を塗りつぶした——はずだった。


「……生きてる？」


俺は目が覚めて、自分の意識があることに驚いていた。

ついさっきの出来事だったから鮮明に憶えている。

太陽に重なって降ってきたのは、ゲームで見たことのあるような軍事用のヘリコプターだった。どこから落ちてきたのか、なぜ落ちてきたのかはもちろんわからない。

しかしそんなものに潰されて、よくもまあ命を取り留めたものだな。

呑気に感心していた俺だったが、そこでようやく自分が寝ている場所に気づいた。


……どこだ、ここ？


薄暗くて狭い部屋だった。

四畳半くらいの部屋にはベッドと机、クローゼットがひとつ。壁にへばりついたような小さな窓は木製の雨戸が閉じられていて、その隙間から漏れてくる明かりだけが部屋の光源だった。それでも十分なくらい、この部屋には何もない。

病院……ではないな。

とりあえずベッドから起き上がって五体満足か確認して、それから――

「え？」

強烈な違和感を覚えて、俺は自分の体を見下ろした。

小さい。

手のひらが小さかった。

いや、それだけじゃない。簡素すぎる無地のシャツとズボンはひとまず置いておいて、自分自身の体がどう見ても小さい……子どものサイズだった。

ぷにぷにの手のひら、弾力のある幼い肌。

これはひょっとしてかの有名なフレーズ『目が覚めたら体が縮んでいた』だと？

と、いうことは！

「まさかここもっ⁉」

慌ててズボンを下ろそうとしたが、ズボンの腰に巻いた紐がしっかりと結ばれていた。

小さな指じゃ結び目ひとつ難敵だ。

紐を解こうと格闘していたら、忘れていた記憶が蘇る。

そう、あれは小学校に入る前のことだった。海外で仕事をする両親が久々に帰ってきたとき、ワガママを言って遊園地に連れて行ってもらったことがあった。たくさん遊んでたくさん食べた俺は便意を催したが、成長したことをアピールするために『ひとりでトイレにいけるもん』を実行。大人に混ざってトイレの列に並び、無事個室を確保しいざズボンを下ろそうとしたとき、その日に限ってゴムではなくオシャレな紐のズボンだった。母親に締めてもらったちょうちょ結びのほどき方がわからず、焦った幼き俺は便意との激しい戦いのすえ──……

「あ、取れた」

そんな思い出に浸っていると意外と素直にほどけた。

ズボンはかなり腰回りがゆるく、紐を解いたとたんにストンと落ちた。

なぜかパンツは穿(は)いてなかった。

そこには、なんと。

「うおおおお！　つ、つるつるだ……っ！」

大森林(アマゾン)が荒野(サバンナ)になっている！

我が不毛の大地には、赤ん坊のゾウさんがぽつんと一匹いるだけだった。

ち、ちっちゃくて可愛い！

というか物心ついた頃から一緒に育ってきた自慢の息子が見る影もない。ああ、おまえはどこへ行ってしまったんだ相棒……。

軽いめまいを憶えてしまった。

そういえば声もソプラノボイス。いわゆるショタ声だ。

うーん、もしかして本当に体が幼少期に戻っている？

下半身まるだしの俺は、まじまじと自分の体を観察した。

しかし、幼少期に戻ったにしてはどこか違和感がある。俺の体ってこんな感じだったっけ？

いったん鏡でも見て確認したいところだけど、この物置みたいな部屋にはなさそうだ。

何が起こっているのかぜんぜん理解できない……けど、とりあえず体に痛むところがないことは僥倖だろう。

ひとまず部屋から脱出して、俺の置かれた境遇を把握しなければならない。

体が幼児になったことは確実だろうからな。

「さてさて、俺をこんな風にしたのはお酒大好きな黒い組織か、あるいは攫った人を昆虫人間に改造する秘密結社か、はたまた壊れた猫型機械の暗躍か……」

おっとその前にズボンを穿かねば――

ガチャ。

とそのとき、いきなり扉が開いた。

廊下にいたのはメイド服を着た少女だった。

たぶん十五歳くらいだろう。化粧気はなく質素ながら、可愛らしい見た目のメイドさんだった。

コスプレにしては手に抱えた木桶とタオルが似合いすぎている。まさか本物か？　俺はこれから本物のメイドに世話を焼かれるのか⁉

ってそんなことはいい。

重要なのは、俺の格好だ。

現在絶賛モロだし中。これが相撲なら反則負けだよ。驚愕して目を見開くメイドの視線が熱いぜ。

とりあえず、アレだ。

肉体はともかく精神的には俺ももう大人だ。うら若き少女にてぃんてぃんを凝視されたら、やることはひとつ。

ホーム〇ローンの子役みたいに両手を頬に当て大きく息を吸って、はい、いっせーの。

「うわあああああああ!」

「いやぁぁぁぁぁあああああ!」

ムンクの叫びが二つ完成した。

……いや、ちょっとまって。

ちょっと冷静になろう。

ゾウさん見られた俺が叫ぶならまだしも、見たほうが絶叫するってナニゴト?

もしかして俺のチン〇、呪いのチ〇コとかなの? 見てしまったら他のひとにも見せないと死んでしまう系のアレなの? え、じゃあ俺はこれから呪いの〇ンコと付き合っていくのかな。毎日誰かに下半身見せないといけないの? さすがにそんなことしてたら俺の性癖が歪んじゃうよ。あ、もしかして世にいる露出狂ってみんなそういう呪いを抱えている……?

「だ、だ、だ……」

メイド少女は絶叫とともに木桶の水をぶちまけて、腰を抜かしてしまった。俺のピュアでキュートなゾウさんを凝視したまま、声を震わせる。

「だ、だ、旦那様！　た、たたた大変ですぅ！」

大変なのは水をぶちまけられて全身びしょびしょな俺だと思うんだ。

でも水は悪しきものを清めるっていうから、呪いの下半身はこれで清められたかもしれないな。

結果オーライか。

……って冗談言ってる場合じゃないな。

俺は目の前のへっぴり腰のメイド少女が敵か味方かもわからない。ふざけるのもほどほどにして、真面目にどう対応するか考えないと。

他の人が駆けつけてくる足音も聞こえるから、ここは逃げるのも手か――

「旦那様！　ルルク坊ちゃんが生き返ってますぅっ！」

「……え？」

俺の冷静な頭脳が状況を察する。

メイド少女の絶叫。

旦那様に、ルルク坊ちゃんというワード。

そして俺を見て生き返ったという。

……ああ、なるほど。

どうやらこのメイド少女が驚いたのは、俺のち○こに対してじゃなかったらしい。文脈から判断するなら、俺――七色楽の意識は、ルルク坊ちゃんという幼児の体に憑依(ひょうい)しているようだ。

どうりで自分の体じゃなさそうな違和感を憶えたんだな。

ってことはこのパターンはアレだな。ヘリコプター事故から生き残ったあとに薬で小さくなったわけでも、改造されたわけでも、不思議道具で体を変えられたわけでもなく。

「転移……いや、転生かな？」

一度死んで、意識や精神だけが別の人間になってしまった。

にわかに信じられないが、状況からそう鑑みて間違いなさそうだ。

神話や伝承などの物語オタクの俺としては、もちろんティーンエイジ向けのモノも嗜んでいる。憑依系の物語は世界中で古来から存在するけど、いまだパターン化されたと言えるほど活気のあるジャンルじゃない。物語の基軸として登場人物の体がふたつ以上存在するものでは、世界的主流になっているのはアバター操作系だろう。それに比べて他人の死んだ体に憑依する、なんていうのはまだまだマイナージャンルだ。

もちろん前例がないわけじゃない。むしろ情報過多の時代、生まれてないパターンの物語を探すほうが難しい。転生系の物語にももちろん名作はあるし、マンガやライトノベルにはむしろありふれている。俺も商業誌やネット小説でいくつも読んだことはあるので、似たパターンを列挙することは容易い。

それと、さっきからこのメイド少女が喋っている言葉は日本語じゃない。

もちろん英語でも中国語でもなく、俺の知らない言語体系の言葉だった。

世界中の神話や伝承を追っかけている趣味のおかげで、世界中の主要な言語を一度くらいは目や耳にしている。そんな俺でもまったく聞き覚えのない構成の言語だった。この幼児の体に蓄えられた知識のおかげで自然と理解できるが、言葉そのものとしては初めて知るものだ。もしこの体が憶えてなければ宇宙人と会話しているような気分になるだろう。

とどのつまりここは、俺の知らない土地だということだ。

あとはこのびしょ濡れの幼児の体が風邪をひく前に、別の情報源が来てくれればいいんだけど。

そう考察していると、バタバタと足音が近づいてきた。

廊下でへたり込んだメイド少女に駆け寄ったのは、帯剣した軽装の兵士……というか中世の騎士っぽい恰好をした二十歳くらいの青年と、背広姿で恰幅のいい三十五歳くらいの短髪の男だった。背広を着た男も帯剣している。

剣か。

二人とも、見たところ銃は持ってなさそうだ。

「何があった！」

「だ、旦那様……ルルク坊ちゃんが……」

「っ⁉」

背広の男は旦那様だったか。メイド少女の口ぶりからルルクの父親だろう。

彼は部屋のなかにいる俺を見て一瞬絶句したが、次の瞬間メイド少女を抱えて後ろに跳んだ。

しかも三メートルほどを一歩で、だ。

なんという身体能力だ。騎士ならまだしも、背広姿の男がそんな反応を見せるとは。

その旦那様と入れ替わるように、騎士の青年が剣を構えて俺と旦那様の間に立った。

騎士は俺をじっと見据えて、問いかけてくる。

「あなたはルルク坊ちゃんですか？　……それとも死霊（アンデッド）ですか？」

「え？　あんでっど？」

ゲームとかでは聞いた覚えはあるけど現実では一度も聞いたことのないその単語を真顔で尋ねられたら、反射的に聞き返すのはしょうがないと思う。

騎士は俺の言葉には答えず、じっと俺の体を見つめている。妙に熱の籠った視線だ。もしかしてこの剥き出しの下半身を……ハッ⁉　やっぱり俺は呪いのちん――

「どうだカーフェイ」

「……おそらくルルク坊ちゃんは死霊化していません。ご覧の通り会話も成り立つようです」

「そうか。にわかには信じられんが、単に生き返ったということか？」

「そのようです。しかし警戒するに越したことはないでしょう。監視のもと、医師に見せたほうがよろしいかと」

「うむ」

よくわからんけど、話は纏（まと）まったようだ。

騎士はそのまま俺に一礼して、

「失礼しました、ルルク坊ちゃん。では、私どもについてきてください。くれぐれも、勝手な行動は慎むように」

「あ、はい」

丁寧な口調だったが、俺を見る目がやたら冷たかった。

よくわからないけど事情がありそうだし、大人しく従っておくべきだな。

俺はそう判断して、黙って騎士の後ろについて歩いていくのだった。


本来のこの体の持ち主は、ルルク＝ムーテルという名前らしい。

生まれたときから難病を抱えており、五歳になったばかりの今日、病状が悪化して息を引き取った。遺体は自室に運ばれて、そこで一度身を清めてから正式に弔うことになっていたようだ。

俺は触診する医者に大人しく従ったまま、彼らの話からそう状況を分析した。

医者の後ろで腕を組んで眉間にしわを寄せている背広姿の男は、やはりルルクの父親のようだ。

しかし息子が生き返ったというのにあまり嬉しそうじゃないな。

父親の隣には、白いチョビ髭の執事のような男が控えている。彼が執事じゃなかったらこの世界に執事はいないだろうというくらい、執事らしい風貌をしている初老の男性だ。

医者は俺の体から手を離して、冷や汗をぬぐいながら言う。

「いやはや……怖いくらいの健康体です。死霊化どころか生命力に満ち溢れています」

「健康体、だと？」

「はい。ご子息の体は十全に機能していらっしゃいます。以前よりも、です」

「そんなバカな。〝魔素欠乏症〟は不治の病じゃなかったのか？」

「一般的な症例ではそのはずなのですが……」

魔素欠乏症か。

それがこのルルクの体を死に至らしめた病名らしいが、そんな病名は聞いたこともない。それが一般的だということと、未知の言語やさっきの死霊化という言葉からも察するに。

「……異世界か」

いまだ建物の外を見ることはできていないけど、これが夢や壮大なドッキリじゃなければそういうことなんだろう。死んだこのルルクという子どもの体に、日本で死んだ俺の魂が転生したって仮説が一番妥当だ。

うーんファンタジー。

どちらにせよ、俺が転生したせいか、あるいは別の事情があるのかこのルルクの体が生き返った理由は不明なのだが……。

父親に詰め寄られていた医者は、さぞ困りましたと言わんばかりの様子で話す。

「と、とにかく旦那様。ご子息にはまだしばらく安静にして頂ければと。いまは病状も見られませんがいつ再発するかもわかりません。薬は前回同様に処方しておきますので、そちらで対処して頂ければと」

「……そうか。なら、続きは応接室で」

「はい」

父親は医者と騎士と執事を連れて部屋を出ていく。

扉を閉める前に、椅子に座る俺を振り返った。

「ルルク、おまえは自分の部屋に戻っていろ。屋敷からの外出はいつも通り禁じる」

そう言って、扉を閉めてしまった。

……ふぅ。

どう接したものかとこちらからは声をかけなかったが、どうやらそれで不自然じゃなかったらしい。

最後の冷たい視線と言葉を考えると、あまり仲のいい親子じゃないようだ。むしろ険悪といってもいいかもしれない。

「ルルク＝ムーテルか」

俺がこの体に精神転生(のりうつ)ったのはルルクが死んだからか、それとも因果が逆なのか。

前者だとしたら俺も被害者だが、逆だとしたら俺は加害者だ。

かなり真実が気になるけど、いま考えてもわかりそうもなかった。

それと気になることはもう一つ。

もしかして、他のクラスメイトも転生していたりするのか？

そんな疑問が浮かんだが、深く考えるのはやめておいた。こんな状況だし、いまは自分のことを優先すべきだ。

「……それにしても、異世界か……」

流行りのライトノベルにあるように、最初からすごい力やチート能力を持っているなんてことはないと思うけど……どうだろう。

試しに手を閉じたり開いたりしてみた。うん、これはふつうに動く。近くにある陶器のカップを持ってみると見た目より重く感じた。うん、頼りないパワー。思い切ってジャンプしてみるも数十センチ浮き上がるのが精一杯。うん、死ぬ前よりも明らかに落ちた瞬発力。

こりゃなかなかの貧弱ボディだな。幼児だということを差し引いても運動不足は否めないだろう。

健康ではあるけど強くはないらしい。チートとは程遠い状況だ。

「そんじゃ、行ってみますか」

考えていても仕方がない。

見知らぬ世界で、見知らぬ子どもの体だ。どうすればいいのかわからないけど、このままじっとしてるなんてのは愚の骨頂だろうな。

ルルクの体に慣れるためにも、これからどうするか考えるためにも、ひとまず情報収集をしないと。

情報は足で得ろってのは、新聞記者だった爺ちゃんの口癖だったしな。

俺はしっかりとズボンの紐を結んでから、部屋を抜け出したのだった。

2 トイレの水が流せません

「……うん、これは迷ったか？」

ルルク＝ムーテル、五歳。

それがいまの俺だった。

玄関ロビーの鏡で確認したところ、外見は貧相な体つきの茶髪のくせっ毛だった。

丸くパッチリとした大きな赤眼にすらりと通った鼻筋。不健康なまでにヒョロヒョロの坊やだけど、いまは顔色がいい。

ルルクはそれなりに顔つきが整った男の子だった。少なくとも、成長すれば死ぬ前の俺よりは遥かにイケメンになるだろう。まあ、この世界の美的感覚が前と同じかどうかは知らないけど。

父親と似ているのは茶色い髪色くらいだった。少女一人抱えながら後ろに三メートルも跳べるゴリラみたいな見た目の父親より、おそらく遺伝子的には母親に似たんだろう。

いくら小綺麗な顔といっても、長い間慣れ親しんだ地味顔（モブ）の七色フェイスじゃなくなったことには軽い哀愁を憶えてしまう。

ああ、そういえば息子が生き返ったっていうのに母親が来なかったなぁ。

あの父の息子に対する態度とかこの家の家族構成とか、色々気になることはある。

少なくともあのゴリラみたいな父親はかなりの金持ちだ。メイドや騎士、執事が家にいることもそうだけど、なによりこの家は広い。

家っていうか屋敷だ。

手あたり次第に探索を始めたら、この屋敷には部屋が数えきれないほどあったのだ。

目覚めた狭い部屋が二階で、医師がいた診察室みたいな部屋は一階。

まずは一階から探索してみたけど広いこと広いこと。

百人は入れそうな大広間に、十人は同時に調理できそうなキッチン、廊下も高校の廊下並みにゆったりとしている。廊下ですれ違ったメイドも十人を超えたし、その全員が俺を見て視線を避ける精神攻撃もくらった。死ぬ前になにをしたんだルルクくん……。

とにかく家が広い。

一階の玄関ホールなんて、俺の七色時代の一軒家がそのまますっぽり入る広さだもんな。だから、迷子になるのは仕方ないと思うんだ。

それに五歳児という肉体年齢にも意外と苦労する。歩幅は短いしドアノブはぜんぶ頭の上にある。扉はやけに重く感じるし、この貧弱な肉体で歩くだけでもちょっと息があがってしまう。

まあ病気がちだったらしいから、それは仕方ないか。

「ここは……なんだ、トイレか」

とにかく父親の言いつけを守らずに屋敷を探索していた俺。ちなみに窓は頭の上にあるので、いまだに外の景色は見ていない。ずっと晴れた空だけが見える。

適当に開けた扉が洗面台とトイレの部屋だったので、そのまま閉めようとして気づいた。

「なんだこれ？　魔法陣か？」

トイレの便器は洋式。

座った背中側にあるのは背もたれだけで、水洗タンクもレバーもなかった。

しかし、その背もたれに魔法陣のような複雑な模様が描かれている。目を引いたのはその魔法陣だ。

こんなところにデザインだけの紋様を描く必要性も感じないので、コレってもしかして水を流すための仕掛けか？

「異世界だもんな。魔法くらいあるか」

そうつぶやいて、手をかざしてみる。

いでよ、水魔法！

……。

…………。

………………。

うーん、何も起こらん。

ただの装飾か？

もしかして水洗トイレじゃないのか。まさか、まだ水道もない文明だったり……。

いやそれはないか。

ほら、すぐ横に洗面台があるじゃないか。

「よいしょっ」

足踏み台がなかったので、引き出しを段々に開けて階段をつくり洗面台にのぼる。

ほらここにも蛇口が……あれ？

「また魔法陣だ」

トイレにあるものと同じものが描かれてあった。

洗面台にはちゃんと排水溝があるから水が流れることを想定しているのは間違いない。ってことは、この魔法陣は間違いなく水が出るもので合っているはず。

でもどうやって？

うーん……謎だ。

まあ、この世界に魔法のような技術があると知れただけマシか。

俺は洗面台から下りてトイレから出る。尿意を催したときの問題点を先送りにした気がしなくはないけど、まあそのときはそのときだ。未来の俺に任せよう。

そうやって探索してみると、いろんなところに魔法陣が描かれているのに気づいた。

部屋の入り口の壁には共通の魔法陣があった。灯りをつけるためのものだろう。

ところどころの部屋の扉の内側にも別の魔法陣。鍵をかけるためのものっぽい。

蛇口のない洗面台や風呂場やトイレにはさっきの魔法陣が描かれており、風呂場や炊事場には
それに加えて別の魔法陣が並んでいたりする。

「魔法の文化かな……」

「魔術だよ、坊ちゃん」

「どうわっ⁉」

王族の風呂場かよってくらい広い風呂場でマジマジと魔法陣を観察していたら、気配もなく後ろから声をかけられた。

驚いて振り返ったため、バランスを崩して尻もちをついてしまう。洗ったあとの風呂場だから濡れていたせいで尻がびしょびしょだ。さっき着替えたばかりなのに。

「おや驚かせちまったかい。大丈夫かねぇ？」

「え、えっと」

手を差し出してきたのはメイド服を着て目を閉じた老婆だった。

両目の上に凄まじい傷跡がある顔が印象的だった。しかし老婆といえど腰が曲がっていたりはしない。むしろ綺麗な姿勢で俺の腕を掴んで、ぐいっと引っ張った。

力強っ！

ふわりと浮くように立たせられた。幼児の体とはいえ踏ん張ることなく軽く持ち上げるとは。

なんというマッチョだ。

「あ、ありがとうございます」

「ん？　坊ちゃん、らしくないねぇ」

おっとキャラが違ったか。

さっきの父親たちとの接触では喋る必要がなかった。ルルクが生き返ったという結論で騎士たちは剣を納めてくれたが、別人がルルクに憑依したとなればまた展開が変わってくるかもしれない。そう判断しての無言ルルクロールプレイだったけど、今度は話さざるを得ない状況だ。

さてこの老婆、見たところメイドっぽいけど主人の息子に敬語は使っていない。俺の直感が告げている……この老婆メイド、重要人物だ。

ルルクに憑依して最初の関門っぽい。

まずは、ここをどう乗り切るか。

「どうしたね坊ちゃん。緊張してるようだね？」

いや、ちょっとまて。

この老婆、一度も目を開いてないよな？

ってことはこの瞼の傷跡からみるに、盲目なのか。盲目なのに俺の動作だけじゃなく反応まで的確に把握している⁉

「なに驚いてるんだい。アタシのこと初めて見るみたいな……ん、いや、そうかい。ああそうかねそうかね」

「え、えっと」

マズい。

この老婆、同じデザインのメイド服を着てるけど、さっき俺に水をぶちまけた少女とは天と地の差ほどの思考速度の差がある。

致命的な情報を与えてしまう前に、ここから撤退して作戦を練らなければ。

最悪、俺がアンデッド扱いになって斬られてしまう！

「あ、あの俺はここで――」

「待ちな。べつに取って喰いはしないから安心しな」

老婆の声に、動かしかけた足を止める。

「坊ちゃん、アンタ蘇生したんだってね？　死からの復活といやあアタシも聞いたことくらいはあるさね。たしかいにしえの勇者の物語で、勇者が強敵と相討ちになったけど奇跡的に蘇ったことがあるってねぇ。そのときの勇者、しばらく記憶を失ってたっていうじゃないか。坊ちゃんの反応をみるに、アタシのことを憶えてないんだろ？」

「その勇者の話くわしく――ハッ⁉」

おっと危ない。

勇者の物語に釣られるところだった。そうじゃない、いまはそうじゃない。

俺は自制心を発動して好奇心を抑えた。

呼吸を整えて、その勇者の話に合わせておく。

「そうなんです……じつは俺、自分がルルクってことしか憶えてなくて」

「そうかい。じゃあアタシのことも？」

「はい。よければ教えて頂けると助かります」

「アタシはヴェルガナさね。この家とは古い付き合いさ」

盲目の老婆ヴェルガナ。

人名を憶えるのが苦手な俺でも、さすがに憶えた。

「それでヴェルガナさん、よければ色々と教えて欲しいことがあるんですが」

「ヴェルガナでいいさね。それよりこんなところで立ち話もなにさ、アタシの部屋においで」

「あ、でも……」

ちょっと躊躇（ためら）った俺を、ヴェルガナは鼻で笑った。

「安心しな。坊ちゃんの着替えくらいメイド長のアタシも持ってるさね」

「あ、あざます……」

この老婆、目は見えないがパンツに水が染みていることは見通せるらしい。


ヴェルガナの部屋は二階の端にあった。

一階の部屋はほとんど来客用として使っているらしい。パーティも催せる大広間に、一般の応接室、高貴な来賓用の特別応接室、娯楽室やリビング、来客用の寝室などがあった。

使用人たちの大半も一階に住んでいるらしく、二階には立場の高い使用人だけが部屋を持っているようだ。

二階にはその他に家族用のリビングや大広間、小さめの風呂場なんかもあって、プライベート空間としても使われているようだ。納戸みたいなルルクの私室は西の端にあったが、メイド長というヴェルガナの私室は東の端にあった。

ヴェルガナの部屋からは、東側に街が見えた。思ったより広そうな街だ。

部屋の広さ？

ルルクの部屋の五倍はあるね。息子より広い部屋の使用人って、いかにルルクくんの扱いがひどかったのかわかる。

「さてさて坊ちゃん、何から聞きたいさね」

ちょっと大きめのズボンとパンツに穿き替えた俺は、椅子に座ってメイドが運んできた紅茶を飲んでいた。正面に座るのはもちろんヴェルガナだ。

見た目は老婆だが、雰囲気が武術の達人みたいな鋭さがある。失礼なことを言ったらひ弱な五歳児の命など一瞬で刈り取られそうだ。

「ええと、ではまずはこの家のことを」

魔法ではなく魔術だったか。

魔法的テクノロジーの存在や呼び方の違いは気になったが、それよりもまずは環境把握だ。

「ふむ。ムーテル家は代々国家の軍事を支えてきた公爵家さね。いわば騎士の家系さ」

この家はやはり貴族だったか。

しかし公爵家ときたものだ。俺の知識が正しければ、国によっては貴族のなかでも最上位に位置する身分じゃなかったっけ？

「えっと、じゃああの父が領主ですか？」

「そうさ。先代が亡くなって領地を継承したばかりでまだまだ青臭いけど、あれで立派な王国の筆頭騎士さね。この家は代々そうやって王家を守ってきたんだよ」

王家に公爵家。

　ここはどこかの王国の、貴族の家ってことか。そして俺はその息子。

「この家は騎士の一族なんですね」

「そうさ。強固な肉体に恵まれ、魔術にも強い素質を持つ者が多く生まれてきた。強い騎士を輩出し続ける家系に、王国の端の広大な土地を引き継いで〝田舎公爵〟と他の公爵共にバカにされても歯牙にもかけない王家への高い忠誠心。それがムーテル家が公爵家として信頼され続けている理由さね」

「強固な肉体、ですか？」

「アンタの言いたいことはわかるさね。なんせ坊ちゃんは魔素欠乏症だからねぇ」

　そう、それだ。

　ルルクが生まれながらに持っていた不治の病。

　俺の魂が憑依したいまでも、おそらく継続中であろう体質のことだ。

「魔素欠乏症ってのは、いわば解毒能力の欠如の病気さね。体が魔素を吸収するとき、ふつうは魔力に変換する過程で魔素毒を濾過して無害にするけど、アンタはその魔力変換ができない。ゆえに毒だけが体にたまり続けていずれ死に至る。そんな病気さね」

「じゃあ俺も？」

「そうさ。平均寿命は六歳。成人までは決して生きられないから、この病気は忌み子と蔑まれることが多い……とまあ、そのはずだったんだけどねぇ」

　ヴェルガナは見えないはずだが、真っすぐに俺に顔を向けて首をかしげていた。

「アンタ、魔素毒がないさね」

「えっ、わかるんですか？」

「アタシは鼻が利くのさ。とくに毒素や気配に敏感さね。だからわかる……アンタ、体から綺麗さっぱり魔素毒が消えてるね」

さっき医師が言っていた「至って健康体」っていうのは、それも含んでいるんだろう。

ってことは俺は、不治の病ではない……？

あれ？

でも病気は治ってるのか？

疑問を口に出すと、ヴェルガナも眉をひそめた。

「それが難しいところさね。アンタの体から毒素のニオイはしない。けど、水やお湯の魔術器が反応しないってことは魔力がない状態さね。つまり魔素欠乏症が治ったわけじゃない」

「なら、どういう理由が？」

「考えられるのは、一度死の運命から抜け出したことで治癒のスキルでも憶えたってことさね」

「……スキルですか」

「ああ、それも忘れてるんさね。坊ちゃん、いまも基礎ステータスの確認はできるかい？」

「基礎ステータスっていうのは？」

「ステータスを意識して視界の隅を探してみな。それで確認できるはずさね。アンタが死霊化してなければね」

ってことは、確認できなかったら死霊(アンデッド)扱い確定⁉

俺はすぐに「死霊化はイヤだ死霊化はイヤだ死霊化はイヤだ……」と帽子に祈りながら視界を探した。魔法の帽子なんてかぶってないけどね。

……あ、左下になんか浮かんできた。

意識を向けると、半透明に映し出された文字列が大きく視界に広がった。

【体力】90
【魔力】0
【筋力】78
【耐久】79
【敏捷(びんしょう)】101
【知力】112
【幸運】101

【所持スキル】
《自動型(パッシブ)》
『冷静沈着』

うわ！

なにこれゲーム？　映像技術にしてはすごすぎる。意識を向けるだけで拡大するし邪魔だと思ったら透明になる。

かといって科学技術じゃないのは間違いないだろう。あれか。魔素なるものがあるからこんなことになるのかな。理由は定かじゃないけど、とにかくすごい。

「どうさね？」

「はい！　ステータス確認できました！」

とにかく、これで死霊化の冤罪は防げたはずだ。

ヴェルガナは淡々と説明してくれる。

「自分で確認できるのは、基礎ステータスとコモンスキルだけさね。レベルアップなんかの恩恵と、コモンスキル以外のスキルは聖魔術なんかで『鑑定』しないと確認できないけどね」

「スキルは『冷静沈着』っていうのがあります！」

「そりゃ精神系のコモンスキルさね……それじゃあ魔素毒を中和してるのは魔術スキル……でも坊ちゃんは魔力がないから、あるいは別系統スキル……？」

ブツブツとつぶやき始めたヴェルガナ。

よくわからんがさっきの騎士を呼ばれないってことは死霊化の疑いは晴れたとみて間違いなさ

そうかな。

　一応、他のステータスもすべて伝えておいた。

　俺のステータスをひと通り把握したヴェルガナは、低く唸りながら腕を組んだ。

「なるほど。坊ちゃん、ひとつわかったことがあるさね」

「はい！　なんでしょう！」

「このムーテル家の一員としちゃ、坊ちゃんの基礎ステータスは低すぎるさね。いままで病弱で部屋からほとんど出なかったから、仕方のないことかもしれないけどねぇ……でもいまは肉体的には健康さね？」

「そ、そうですね」

「つまりアンタの体が元気ってことは、基礎ステータスは鍛えられる。アンタがこの家の一員である以上、今後何があるかわからないから教育係でもあるアタシとしてはアンタを鍛えなければならないってワケさね」

　まあ、病弱から健康になったんだ。元気と言えば元気だけど……。

　俺は何かイヤな予感がしつつ、ヴェルガナに確認する。

「ちなみに、基礎ステータスってどうやって鍛えるんですか？」

「そりゃ筋トレと走り込みに決まってるさね。明日からさっそくビシバシ鍛えるよ」

　短く告げたヴェルガナの体育会系発言は、文化系オタクの俺を絶望させるのに等しいものだった。

　……でも本気出すのが明日からというところには、少し優しさを感じるのだった。

3 公爵家の恥さらし

「旦那様、ルルク様をお連れしました」

「うむ」

ここは二階、家族用のダイニング。

ヴェルガナの部屋でこの世界やムーテル公爵家のことを教えてもらっていたら、メイドが俺を探しに来た。何やら父親が俺に話を聞きたいんだとか。

無視する選択肢はなさそうだったので、しぶしぶ移動する。

ダイニングに入ると、一番上等なソファに腰かけた父親が俺を睨んでいた。

ディグレイ＝ムーテル公爵。

ルルクの父親にして第二騎士団の団長を務めている、この国の筆頭騎士のひとりだ。

二メートルほどもある背丈にイカツイ顔。リンゴくらいなら軽々と握りつぶせそうなゴリラみたいな見た目で、実際その身体能力も一般人の比じゃないらしい。

本当に父親か疑ってしまうくらい、俺とは体格が違う。

ただ座ってるだけなのに小動物くらいなら睨み殺せそうな猛獣みたいな威圧感だった。

俺は威張ってても子ウサギほどの存在感しか発揮できないので、大人しく言葉を返しておく。

「父上、お呼びでしょうか」

「体調はどうだ」

心配してる……わけじゃないな。

周囲からの複数の視線が、俺の言動に注目していた。

ディグレイの近くには他の家族が座っている。

一番近いソファに腰かけているのは、釣り目で怜悧（れいり）な風貌の女性。シンデレラの継母みたいな雰囲気の彼女は、ヴェルガナ情報だとおそらく第二夫人のマティーネだ。

その隣にいるぽっちゃりとした子どもはマティーネの息子で、俺より二歳年上の兄だ。たしか名前は……ガ……キ……なんだっけ？

そこから少しだけ離れたソファに、大学生みたいな若い母親が小さな娘と並んで座っている。母親が第三夫人のリーナで、幼女のほうが俺の妹だろう。妹の名前はリリスだったっけ。母親の腕に隠れるようにしている。

ここにいる家族はそれくらいだった。ヴェルガナいわく俺たちは全員で七人兄弟らしいが、他の兄たちはこの屋敷じゃなく王都にいるそうだ。

なるほどなるほど。

この詰問は俺の心配じゃなく、家族に情報共有するためのものだな。

そりゃ死んだはずの忌み子が生き返ったんだから、死霊になったんじゃないかと怯えるかもしれない。この世界ではそういう魔物がいるらしい。呼び出された理由は単純明快だった。

だったら俺はハキハキと答えることにしよう。いまの俺はエナジードリンク十本飲んだ後くらい生命力に満ち溢れているぞ。ヴェルガナからはルルクは無感情ながら礼儀正しかったとだけ教えてもらっていた。

ルルクであることをアピールするため、レッツロールプレイだ。

「はい。元気です」

「そうか。魔素毒は消えたということだが心当たりは」

「いいえ。ステータスのスキルでは治癒系の確認はできません」

「……そうか」

低く唸るような声を漏らすディグレイ。

これは現在進行形で俺も悩ましい。

ヴェルガナいわく、他の系統のスキルにももちろん治癒スキルはあるから教会に行って調べてもらえばハッキリするらしいんだが……。

「父上、教会で鑑定してもらうことはできますか？」

「それはならん。何度も言うが、おまえは外出禁止だ」

「……そうですか」

ですよね。

わかってはいたさ。体内の毒が消えたとはいえ俺は魔素欠乏症――いっさい魔術が使えない貧弱な坊やだ。

このムーテル家は歴代の男児すべてが優秀な騎士になって、王国へ貢献してきたという。

そんな中で生まれた〝忌み子〟は、まさに公爵家の恥なのだ。

いままでもルルクの存在は隠されており、街を平気な顔で闊歩(かっぽ)することを許されるはずもなく、しばらくはこれまで通り屋敷に閉じ込められるのだろう。

ディグレイは食い下がることなく大人しくうなずいた俺から視線を外して、大きくため息を吐き出した。すぐに近くにいたメイドに酒を用意するよう言いつける。もう俺のことは視界にすら入れようとしなかった。

たった数回の会話で、俺との面談は終わりってことだろう。

そんな父親の態度には愛情がないどころか憎しみすら籠っていたが、その理由もヴェルガナに聞かされていた俺は、何も反応せずにペコリと頭を下げて部屋から退出した。

ふう。

扉を閉めてひと息つく。

「嫌われてるねぇルルクくん」

第二夫人や第三夫人からは、あからさまに煙たがられるような顔を向けられたたな。

ちなみに第一夫人――ルルクの母親は、ルルクを産んだときに亡くなっているらしい。ディグレイが俺を嫌厭(けんえん)しているのは、そのあたりの事情も関係しているようだ。

ただ忌み子ってだけじゃ、ここまで毛嫌いしないだろうし。

だからってルルクが悪いワケじゃないのにな。死んだルルクには同情するよ。

「おいモヤシ！」

感傷に浸っていると、後ろから声をかけられた。

七色時代にもモヤシと呼ばれたことは何度かあるから、自然とその罵倒が俺のことだと察してしまったぜ。なんか前世に負けた気分だ……。

それはそうと、この病み上がりの五歳児をモヤシ呼びしたのは、

「たしか……キウイ」

「ガウイだ！」

ああそうそうガウイね。ちょっと肉付きのいい二歳年上の兄。

ヴェルガナ寸評では悪ガキという評価だったか？

いかにもいじめっ子です！　みたいな態度で近づいてくる兄に対して、俺はちょっと迷った。

ダイニングから出てすぐの廊下だし、扉を開ければ会話も聞こえてしまうだろう。

しばらくルルクのフリして大人しく過ごすって決めたんだよ。ヴェルガナ以外関わらないで欲しいんだが……。

「おいモヤシ、おまえビョーキ治ったんだってなぁ？」

「ん～……そうとも言うし、そうじゃないとも言う」

毒は消えたけど後遺症だけ残ってる、みたいな？

俺の曖昧な返事に、ガウイは一瞬不快そうな顔を見せたが、すぐさま粘着質な笑みを浮かべて俺の肩に覆いかぶさるように手をかけてくる。

「もう元気なんだろ？　じゃあオレと遊ぼうぜ。モヤシに拒否権はないからな！」

「遊ぶって、なにするの？」

「ちょっとした水遊びだよ。ほら、来いよ」

「綺麗なお姉さんになって出直してきて」

「え？」

おっとしまった、つい煩悩が。

五歳児にしてはマセすぎた回答だったな。

誤魔化すためにも、純真なフリをしてついていくことにしよう。

「なんでもない。もちろんいいよ。遊んでくれるの嬉しいな～」

「おお！　話がわかるじゃねえかモヤシ！」

まあどっちにしろ連れていかれるんだろうけどな。

水遊びってなにをするんだろう。まさか屋敷の敷地内に川があるってわけでもあるまい。

あまり良い予感はしなかったが、ガウイは見た目以上に力が強かった。どうせ腕を振りほどくことなんてできないので、俺は何も言わずにガウイに引きずられるように移動するのだった。


拝啓、両親へ。

「我は乞う、母なる命の源よ――」

俺はいま猛烈に感動しています！

「我に清涼なる一滴の雫を与え――」

魔術の詠唱。

それすなわちファンタジーの醍醐味だ。

魔法や魔術は、現代日本じゃ絶対に味わうことのできない物語の一部だった。幾度も読み漁った小説やマンガに当たり前のように存在する空想技術。自由自在に使いこなすことを夢見なかった少年少女はいないだろう。

それが目の前で実現しているのだ。これは夢か？　夢なのか？　そうならそうと言ってくれ。そうじゃないならお願い醒めないで！

「彼を穿つ礫となりて弾け飛べ――『ウォーターボール』！」

何もない空間から生み出され、発射される水の弾。ああ、これが魔術なのね。ワタシ感動で、感動の涙で前が見えま――へぶっ！

「よっしゃ！　顔面に当たったから十点っ！」

ぽっちゃり兄貴ことガウイが、弟のプリティフェイスに水弾を当てて喜声をあげていた。

ちなみに場所は一階の客用風呂である。一度に二十人くらい同時に入れるんじゃないかってくらい無駄にデカくて豪勢な風呂場だ。まるで銭湯だな。

そのピカピカに磨かれた浴槽の端に立たされた俺は、ガウイの魔術の練習台になっているのである。

「連続で当ててやるからな！　動くなよ！」

また詠唱を行い『ウォーターボール』の魔術を行使していく。

次は外れ、右に逸れた。

その次も外れ、左に逸れた。

その次は足に当たった。足は三点らしい。

「くそっ！　なかなか狙い通りにいかねぇな」

詠唱は同じなのに、水の弾の軌道が変わっていく。

標的役はすこぶるヒマなので、俺はじっくりとガウイの観察をしていた。

力ずくで的にされてる屈辱？　おいおい、相手は子どもだぞ？　俺は大人なので、子どもの遊びに慈愛の心で接しているからそんなものはまったく感じない。

ガウイくんよ、どんどん魔術を練習して俺の犠牲を糧に少しでも成長してくれ。そして大きくなったらそのときは絶対に一発殴らせろ。

「また外れた！　なんでだよ！」

「腕が動くからじゃない？」

正面から見ていると、ガウイが魔術を発動する瞬間、俺に向けている右腕がわずかにブレてしまっていた。

あの腕の向きでイメージして照準を合わせているなら、そのわずかなズレが数メートル離れている俺に到達するときには大きなズレになっているみたいだ。

「動いてねぇよ！」

「動いてるよ。左手で右腕を固定しながらやってみたら？」

「うるせぇ！　黙って見てろ！」

俺の指摘が気に食わなかったのか、わざとらしく左手を後ろに隠してから魔術を発動した。

さらに見当違いの方向に飛んでいった水の弾。

あーあーせっかく綺麗に並べていた桶が崩れちゃったよ。俺の足元にまで転がってくる。

そのあとも何度か右腕だけで狙いを定めていたが、掠ることもなくなった。

ふぁ～あ。ヒマだなぁ。ガウイは『ウォーターボール』しか使えないみたいだし、同じものばっかり見てるせいで感動も薄れてきた。もっと違う魔術も見たいんだけどなあ。

何度も失敗していると、やがて肩で息をし始めたガウイ。汗が額に滲み始めている。魔術には体力を使うんだろうか……いや、アレか。よく聞く魔力切れってやつか。

「おいモヤシ！　今度こそ当ててやるから、これが最後だ！」

「はーい。当てられたらいいね」

軽い挑発を送ると、顔を歪めて叫びそうになったガウイ。しかし口から出そうになった言葉を飲み込んで、今度こそ左手を右手に添えてから詠唱を開始する。おお、さてはプライド（当てられない悔しさ）がプライド（バカにされた怒り）を凌駕したな？

「『ウォーターボール』！」

「いいフォームだ。左手は添えるばべっ」

顔面直撃。ガウイくんに十点！

「やったぜ！　ほら見たかモヤシ！　オレが本気出したらこんなもんよ！　天才だぜ！」

「フッ、もはや君に教えることはない……」

　マジで何もないからね。知識不足で。

　ガウイは得意げな顔で腕を組んでふんぞり返る。

「いいかモヤシ！　オレが魔術の天才だってことはヴェルガナには黙っておけよ！　あのクソババア、オレの魔術がヘタクソだっていっつもバカにしてきやがるんだ。今度わざとババアのケツに魔術当ててやるよ！」

「それ、怒られない？」

「ババアはオレが下手だって思ってるんだろ？　なら当てても事故だって言い張ればいいんだよ」

「なるほど」

　我が兄ながら小狡いやつだな。

「……でもさ、ガウイ」

「なんだよ」

　俺はガウイの後ろを指さした。

「それ、本人に聞かれてたら意味なくない？」

「えっ——へぐあっ⁉」

　ヴェルガナの拳骨がガウイの脳天に降り注いだ。

「まったく……この悪ガキは反省ってものを憶えないさね。ほら、お仕置きしてやるからくるんだよ」

「は、放せクソババア！　よくも殴ったな！　オレはリョーシュの息子だぞ！」

「そうかい。だからどうしたってんだい」

「父上に言いつけてやる！　おまえなんかクビだ！　死刑だ！」

「言いたけりゃ言いな。その領主からアンタらの教育を言いつけられてるのがアタシさね。それにアタシを追い出す度胸があるなら、ディグレイ坊もさっさとそうしてるさね」

ずるずるとガウイを引きずっていくヴェルガナ。

部屋を出る前にふと立ち止まって、こっちを振り返った。

「ルルク坊ちゃん、そろそろ夕飯だからアンタもさっさと着替えて部屋に戻りな。明日は早朝から指導するからね。この悪ガキに好きなようにさせる腑抜けた根性、叩き直してやるさね」

「あっはい」

早朝からトレーニングか……運動嫌いの俺には気が重いぞ。

まあ明日のことは明日の俺に任せよう。

とりあえず腹が減ったな。そろそろ夕食みたいだから、大人しく待っていようか。

おっとその前に着替えないとな。転生してからこの短時間で、もう着替えるの三回目だ。

うーん洗濯係のメイドさんを探して、お漏らしじゃないよって伝えておいたほうがいい気がする。絶対勘違いされるもんな。

……というか異世界の食事か。楽しみだ。

高位の貴族の晩餐だから質素ってことはないだろう。

「さぞかし豪華なものが出てくるんだろうなぁ」

そのつぶやきがフラグになることは、俺はまだ知らなかった。

□　□　□　□　□

「これが異世界の洗礼か……」

翌朝。

きゅるるると鳴る腹に起こされた、爽やかな異世界の朝だった。

窓を開くと白んだ青空が見える。西の空しか見えないから朝日を拝むことはできない。少し肌寒い空気が部屋に流れ込んでくるけど、早朝でこれなら日中は少し暖かいだろう。そういえばこの国には四季はあるのだろうか。

「あ～……腹減った」

決して成長期だからではない。

発端は昨日の夜のことだった。

部屋に待機を命じられてひとりで部屋で過ごしていると、他の家族たちの和気あいあいとした団欒の声が、かぐわしい料理の香りと共に窓の外から聞こえてきた。

そうか。俺は忌み子……いつもひとりで食事を取らされているのか。

　まあポジティブに考えれば、ルルクのフリ（ロールプレイ）をしなくていいから気は楽だった。幸いなことに前世でも小学生の頃から基本は家にひとりだったので、自炊や宅配での孤独なグルメには慣れている。

　異世界転移してまだ初日、家族とはいえ心を許せる相手でもないのでむしろラッキーだといえるだろう。うんそうだ、そうに違いない。

　だからそこの木に留まっている可愛い小鳥さん、狭い部屋で夕日を眺めている俺を見てボッチって言うんじゃないよ。いいか、俺はソロだ。

　そんな戯言をつぶやきながら待っていると、カラカラと何かが運ばれてくる音がした。

　部屋の扉をちょっと開けて廊下を覗き込むと、ワゴンに載せて運ばれてくる食事……おお、今日の夕飯はステーキか！　ステーキ万歳！　異世界万歳！　公爵家バンザーイ！

　おっと、浮かれてはいけない。食事にはマナーってものがある。熱く燃え滾（たぎ）る心はそのままに、表情は明鏡止水のごとく穏やかに。それが貴族のたしなみってもんだ……ワクワク、ソワソワ。

　俺の瞑想（めいそう）をものともせずに自我を持ち始めた足を「くっ、おさまれ我が右膝……っ！」と押さえつけているとき、近づいてきた食事の気配が――

「きゃっ！」

　ガッシャーン！

　おやおや？　なにやら不吉な音がしましたね。

　まさかね、俺の夕飯に何かアクシデントでもあったとは思えないけど、一応ね？　一応確認しておこうか。一応ね。

扉を開けた俺が見たのは、転倒しているワゴンと廊下に落ちたステーキやパンたちだった。

ぽく、ぽく、ぽく、ち－ん。

「うわあああ！　俺のステーキぃぃいいい!?」

俺はとっさにステーキに駆け寄った。

無残にも散らばった肉たちが、悲しそうに横たわっている。

転んだまま必死に頭を下げるのはメイド服の少女。

「す、すみませんすみませんすみませんっ！」

転生直後、俺に水をぶちまけた子だ。

また君かドジっ子メイドくん！

なんなの、俺のこと嫌いなの？　さすがの温厚な俺もプッツンしちゃうよ？　だってこれ、ステーキだよ？　ステーキって言ったら誕生日とかクリスマスとかにしか食べられないんだよ？

きっと今日は俺の復活を祝ってるんでしょ？　顔色がいいねと君が言ったから今日は復活記念日。

……あれ？　俺が主役の復活記念日なのに、なんで俺はこんなところで孤独に飯を待っているんだ……？

「もしや記念日はサラダしか認めない……ってこと？」

「本当にごめんなさい！　お、お詫び、お詫びいたします……っ！」

「待て待て待て！　反省してるのはわかったから！　だから泣きながらステーキナイフ喉にあて

ないで⁉」

慌ててメイド少女を止める。いやほんと、ステーキごときでやめてくださいお願いします。

悪ノリした俺も俺だけど、べつに本気で君を責めてるわけじゃないんだよ。

だって本当は、廊下を走って逃げてく悪ガキの後ろ姿が見えたんだもの。

だからメイド少女よ、君は被害者ってことくらいわかっている。

そして俺も被害者。俺たちは仲間なのだ。今度あの悪ガキには天誅を下しておくから、お願い泣き止んでくれ。

とまあ、そんな風に騒いでると他のメイドたちが駆けつけた。

悲惨な状況を見た瞬間、先輩メイドが金切り声でメイド少女を叱りつけた。それを俺が庇って事情を説明するものの、それでも先輩メイドが力ずくで少女の頭を下げさせるので、ボロボロ泣く彼女がまた自傷行為に走らないように俺はこう言ったのだ。

「大丈夫だから！　今日はお腹空いてないから！」

——という感じで一件落着。

夜が明けて、いまに至るわけだ。

俺ってば偉いよな？

兎にも角にも、空腹な俺はこのままじゃヴェルガナの特訓で餓死しかねないので、その前に厨房にでも行って何かつまめるものをもらってこよう。

洋服ダンスをあさって、寝間着からゆるいシャツとズボンに着替えて出発だ。

そういえば昨日は屋敷の探索を途中でやめたから、今日は続きをやらないとな。

探すは書斎。

我求めるは異世界の物語なり。

「ふんふふ～ん♪」

厨房にいた早起きの料理人に事情を説明し、パンに生ハムを挟んだ軽食をつくってもらった。

何気にこれが初めての異世界飯か。塩気の利いた生ハムに薄切りのパン。シンプルながら奥深い味わい。なんという料理だろう。

よし、この異世界飯をパンニハムハサムニダと名付けよう。

……いやまんまサンドイッチだよ。異世界飯とは。

「――すれば、こういう――」

「ん？」

まだ早朝の人気の少ない屋敷内だ。

行儀という概念なんて犬に食わせておいて食べ歩きを決行していると、不意に声が聞こえたので立ち止まった。

一階の応接室の扉が少し開いていた。こんな時間に来客でもあったのだろうか。

俺は隙間から中を覗いた。父親がソファに座っていて、その背後に執事がいる。父の正面の席は無人だが、テーブルには空の紅茶のカップが置かれていた。本当に来客があったのだろう。まだ使用人たちも起ききってない明け方なのに。

「確かにその方法であれば、ルルクの処遇も対外的には困らんだろう」

おや、俺の話か。

耳をそばだてて聞いてみる。

「左様でございます。公爵家から出すにしては幾分地位の低い貴族ではございますが、何よりシュレーヌ家と申せば……」

「ふん、あの変わり者は幼い獣人を集めている変人で通っているな。ルルクを引き取らせるには釣り合いが取れんが、あの子爵はそのうえ男色家という噂もあるからな……確かに隠れ蓑にもなるか」

「それにシュレーヌ子爵家には血縁者にも男児がおりません。まだ早計ではございますが、二歳になる姪子がいらっしゃるようです。婚約の体裁で引き渡すのであれば、ルルク様が十歳になれば問題なく手続きが可能でございます。あちらも公爵家からの婿養子を断ることはないでしょう」

「息子のいないシュレーヌ家の次期当主としてあてがえば、ルルクが我がムーテル家の名を名乗ることはなくなる、と。いい考えだ」

「光栄にございます。ではディグレイ様、ワタクシはシュレーヌ家に会談の申し入れをおこなっておきましょう」

「してシュレーヌ家はどこにあった？　ちゃんと遠いか？」

「ぬかりありません。王国南西部の国境付近、ケタール伯爵領内でございます。ディグレイ様の巡回予定ではおよそ三ヶ月後に視察のために立ち寄りますゆえ、会談はその際に」

「さすがだ。では頼んだぞ」

父が立ち上がった。

おっと危ない、見つかる見つかる。

すぐに忍び足で応接室から離れて、廊下の大きな壺の陰に隠れた。金持ちの家には本当に大きな壺があるんだな、初めて知ったよ。

俺は隠れながら考える。

けっこう大事な話をしてたな。

厄介者の俺を追い払うために、遠方の子爵家に婿養子に出すつもりらしい。子どもが十歳になれば正式に婚約させられる……なるほど。貴族社会って早熟だなあ。

ところで、この国の成人年齢は何歳だろう。あとでヴェルガナに聞いておこう。

まあ考えても仕方ないので、ひとまず十歳までに家出が可能かどうか検証していこう。

そのためにも色々と知識も力もつけないとな。いまのままじゃ七歳の悪ガキにも勝てない。

「さて、運動しに行きますか」

父と執事が階段を上っていったのを見送って、俺はヴェルガナの指示通りに屋敷の裏庭に向かった。

ひみつとっくん、がんばるぞ！

「それじゃあ、今日の訓練を始めるさね」

ムーテル家の裏庭。

高い外壁と屋敷に囲まれたその空間には土の運動場があった。広さはだいたいバスケットコートくらいで、建物のそばに井戸と椅子があった。天気は曇りやや晴れ、絶好の運動日和だ。

木剣をいくつか担いだヴェルガナの前に並んだ俺は、隣にいるやつを指さした。

「「なんでこいつも」」

「なんでも何も、アンタたち二人の訓練だからさね」

ちっ、悪ガキも参加するのか。

ガウイは頭の後ろで腕を組んで、つまらなさそうに言う。

「モヤシなんか鍛えても上に伸びるだけじゃねぇの？」

「悔しいけど面白いこと言うじゃん」

「あん？　上から目線で言うなよモヤシ」

「大変心苦しい次第ですが、とても興味深いご冗談ですね」

「何言ってんのおめぇ？」

いや、おまえが上から言うなってゆうから丁寧に言ったんだけど。

そんな中身のない戯言で遊んでいると、ヴェルガナが不意に木剣を二本投げてきた。

「おっと」

「あぶなっ」

山なりとかじゃなくて、わりとストレートに飛んできたよ？

ガウイが慣れた手つきでキャッチして、俺は迷わず避けた。後ろに転がっていく木剣……あ、子ども用の小さいやつだ。

「ガウイ坊ちゃん、アンタはいつもどおり柔軟してから素振りを始めな」

「……ふん」

「ルルク坊ちゃん、アンタも柔軟。そのあと走るさね」

「はーい」

とりあえず木剣は手元に確保しておこう。

魔術は使えないみたいだけど、じつは剣の才能があったりしないかな。とりあえず居合切りの構えをして、水っぽい呼吸の型を意識してみる。

目覚めよ、俺の剣才！

「何遊んでるさね」

「あいたっ」

ヴェルガナに木剣で叩かれた。すみません。

残念ながら俺には何の才能もなさそうなので、大人しくガウイのマネをして柔軟体操を始める。

この手順をサボったら怪我するから念入りにね。とはいえ運動不足の病み上がりにしては、意外とルルクの体は柔らかかった。

子どもの柔軟性はすごい。高校生の俺だったら柔軟体操で怪我する自信があるぜ。

準備運動が終われば、次は走り込みだ。

訓練場の周りをとりあえず十周するミッションだ。

そういえば高校生のとき、マラソン大会があったなあ。一緒に走る友達なんていないしのんびり走ってたら、遅れてスタートした女子の先頭集団が追い越していったっけ。そのなかに一神と九条と鬼塚がいて、一神には「ムリしないでね」って優しく言われ、九条には「遅いなコイツ」みたいな目で見られ、鬼塚には「ジャマです」って冷たく言われたっけな。運動音痴の俺が悪かったんだけどね。

「シッ！　シッ！　シッ！」

いまは遠い高校時代を思い出しながら走っていると、ガウイが素振りを始めた。

もう何年も訓練を続けているのか、ガウイの剣筋はそれなりに鋭かった。振り下ろした木剣もちゃんと同じところで止まっているし、それなりにサマになっている。素振り検定があればおそらく二級くらいは受かるんじゃないか。知らんけど。

「くっ……横っ腹が痛い……」

まだ半分も走ってないのに呼吸が乱れてきた。本当に運動不足だなこの体。

つい足を止めてしまう。でもしょうがないよね、腹が痛いんだもん。

「何止まってるんだい！　足を動かしな！」

「あのですね、俺の正直な横隔膜くんが、ドクターストップを、要求していまして……」

「甘えるんじゃないさね！　ほれ、ぶっ倒れるまで走りな！」

「ああんっ！」

後ろから木剣で叩かれて、ピュアな桃尻が四分割した。

いやマジでスパルタだな、この老婆。俺の内臓が悲鳴を上げ始めたぞ。まあ、まだ三分も走ってないことは置いておいてだな。

俺がひぃひぃ呻いて走っていると、それを見たガウイがこっちを見た。

「……ハッ」

おいてめぇ鼻で笑いやがったな。

いいだろう見せてやるよ。この俺の本気をよォ！

「ひぃ、ひぃ、ふぅ、ひぃ」

無理やりテンションを上げて、悲鳴に近い呼吸を続けながら足を動かした。

ちょうど十周したところで、膝から崩れ落ちる。

ヴェルガナが呆れたようにつぶやいた。

「ま、病み上がりだったし仕方ないってことにしとくさね」

「ぜぇ、ぜぇ……燃え尽きたぜ……真っ白にな……」

「それじゃあ次は筋トレだよ。腕立て五十回、腹筋五十回、背筋五十回」

「なん、だと……」

訓練はまだまだ始まったばかりだった。

いままで文化系オタクだったから気にしなかったけど、うん。

基礎体力って大事だね。

「はふぅ。疲れた」

「いててて。クソババアめ、バカスカ当てやがって……」

朝のトレーニングが終わり、訓練場のそばの木の下で寝転がる俺。

単純な体力不足でキツかった俺と違い、ガウイはヴェルガナと打ち合いの訓練をおこなっていた。もちろん実戦形式で、だ。

歳の割には力もあって見た目より動けるガウイだったが、盲目のヴェルガナにはまったくかすりもせず何度も打たれて転がされてを繰り返していた。正直スカっとしたね。でも、まだまだステーキの恨みは忘れてないからな。

木剣をヴェルガナに返したガウイは、なぜかひと休みしている俺に近寄ってくる。

あっダメよ、いまは動いたばかりで汗臭いから気になっちゃうわ。やだ、汗のニオイが……そう、おまえのな！　汗臭いからあっちいって！

「おいモヤシ、ちょっと言うこと聞け」

「え、イヤだけど」

ふつうに拒否してしまった。

さすがに一言で断られると思わなかったのか、変な顔をしたガウイ。いままでのルルクくんは気弱で頼みごとを断るようなことはしなかったんだろうな。

うーん、仕方ない。これもロールプレイだ。

「まあ話くらいは聞いてあげるよ」

「……そうか。手伝ってくれるんだな」

「いやなにを？」

「クソババアのケツに、魔術をぶちこむ」

諦めてなかったのかよ。

さすがムーテル家の悪ガキ代表。嫌いな相手にはウォーターボールを叩き込まないと気がすまないらしい。

まあ、あの魔術なら濡れるだけで怪我はしないからそれくらいいいけどさ。

しかし相手はヴェルガナ。さっきの打ち合いを見たところ、ガウイの速度じゃ目を閉じてても避けられるぜ？　もともと開いてないけど。

「作戦は？」

「モヤシが気を引いて、オレ様が後ろからズドン！　だ」

ズドン？　ピチョンの間違いだろう。

まあいいや。それくらいならイタズラに付き合おう。無論、これは俺が子どもだから当然の遊び心であって、かつ兄弟の絆を深めるためにやることなのだ。だから決してさっきのトレーニングでケツを叩かれてまで走らされたことを恨んでいるわけじゃないからな？

しかしガウイよ、その作戦には致命的な欠点があるぞ。

「問題は詠唱を聞かれないためにどうするか……」

「そんなもん、遠くからやればいいだろ」

「ヴェルガナは視力に頼ってないぶん、耳がいいから難しいと思うぞ」

「そうなのか？」

「昨日、風呂で桶を崩しただろ。あの音でヴェルガナが風呂場にやってきたって考えたら、かなり耳がいいのは間違いない」

「そうか。じゃあどうするんだ？」

「……木を隠すなら森の中作戦でいこう」

あれ？　なんか俺が主導権握ってない？

仕方ないな。頭脳労働が苦手そうな兄に代わって、運動が苦手な弟が考えてやろう。

作戦はこうだ。俺がウォーターボールの詠唱をリズムに合わせて歌い続ける。もちろん俺には魔力がないから魔術は発動しない。意味もなく何度も歌ってると、ヴェルガナの耳が詠唱自体を雑音判定として意識の外に弾き出すだろう。

そこでガウイが詠唱をするとあら不思議、ヴェルガナはその詠唱を雑音だと思って聞き逃すって寸法だ。

まるで線路沿いに住んでいる人が電車の音を気にしなくなるみたいにな。

その隙に後ろから不意打ちすればいい。

作戦の概要を伝えると、ガウイは素直に感心したような声を漏らした。

「モヤシ、おまえ頭いいな。十点やるよ」

「はは～ありがたきしあわせ」

やったぜガウイポイント獲得だ。何に使えるか知らんけど。

とまあやることは決まったので、あとは実行するのみ。

俺はゆっくりと立ち上がり鼻歌を歌いながら、木製のトンボで訓練場の土を均してるヴェルガナに近づいていく。ちゃんと木陰に隠れたガウイの反対側になるようぐるりと回る。

ええと確か、詠唱はこうだっけな。

「我は乞う～、母なる命の源よ～、我に～清涼なる一滴の雫を与え～、彼を穿つ礫となりて～弾け飛べ～」

いきなり俺が歌い出したことで、ヴェルガナが一瞬怪訝な顔をした。

しかしさほど気にせず土を均し続けているので、俺はそのまま壊れたレコード再生機みたいに同じ詠唱を口ずさみ続ける。

俺は魔術が使えないけど、魔術を使っている気分になれて意外と楽しい。バカみたいな詠唱練習みたいに見えるけど、子どものやることだから大人は気にしない。

「我は乞う～、母なる命の源よ～、我に～清涼なる一滴の雫を与え～、彼を穿つ礫となりて～弾け飛べ～」

「我は乞う～、母なる命の源よ～、我に～清涼なる一滴の雫を与え～、彼を穿つ礫となりて～弾け飛べ～……『ウォーターボール』！」

やったか⁉

俺の声に合わせて魔術を発動するガウイ。

右腕に左手を添えて照準を合わせたガウイの水弾は、真っすぐにヴェルガナの背中へと向かって飛んでいき――

パァン！

「……え？」

何が起こったのかわからなかった。

気が付けば水の弾が破裂していて、さっきまで土を均して中腰だったはずのヴェルガナが、持っていたトンボを振り抜いた姿勢になっていた。

動きが速すぎて、まったく見えなかったんだが？

「さあて、これはどう判断したもんかねぇ……」

ヴェルガナは、低い声を出して俺とガウイ交互に顔を向ける。ガウイは「ひぃっ」と悲鳴を上げて尻もちをついた。怖い気持ちはとてもわかる。

失敗したのは一目瞭然。きっと不意打ちの主犯がどっちか悩んでるんだろう。

俺は迷わず行動した。

「あー！　ガウイ、俺の詠唱練習を利用してヴェルガナに攻撃したんだな！　後ろから攻撃するとかいけないんだぞ！　まったく根性叩き直してもらったほうがいいよ。ってことでヴェルガナ、俺は先に屋敷に戻るけど、あの性根のねじ曲がった悪ガキのことしっかり折檻（せっかん）してくださいね。じゃあよろしく！　お疲れ様でした！」

三十六計逃げるに如かずってね。

とっとと退散した俺に向かってガウイが「うらぎりもの〜！」と叫んでいるけど、知ったこっちゃないね。自分の行動は自分で責任を取りなさい少年。

屋敷の扉を閉めるとき、後ろからガウイの叫び声が聞こえてきた。ああ、今日の朝食はさぞかし美味しいだろうなぁ！

ちなみに、このあと追ってきたヴェルガナに俺も折檻されました。

あの野郎、俺を売りやがったな、許さん！

□　□　□　□　□

朝食が部屋に運ばれてきたときには、体の疲れや痛みは綺麗さっぱりなくなっていた。

筋トレしたのにまだ筋肉痛は来ない。まあ即日来るようなものでもない……のか？

俺の初めての異世界飯は、シンプルな味付けのステーキと、サラダ、薄味のスープ、パン、そしてほんのり甘いヨーグルトもどきだった。

ステーキはあきらかに牛でも豚でも羊でもない臭みがあった。食べられないほどでもないし、独特な旨味もあったのでこれはこれで異世界飯っぽくていい思い出になった。スープにも薄切りの肉が入っていたけど、また別の獣の肉だったのだろうか。そっちも食べたことのないクセのある味だった。というかステーキが当たり前に出てくるんだな。これがこの家の普通なのか。

異世界で初めての食事、それなりにウマくて満足でした。

……サンドイッチ？　はて、なんのことやら。

とにかく早朝から運動して満腹になった俺は迷わず二度寝。とくに予定もないし屋敷を探索したかったけど、幼い体は眠気に勝てなかった。すやすやと昼前まで寝てしまった。

スッキリした気持ちで起床。

「よし、探索探索っと」

太陽はほぼ真上。半袖でも過ごせそうな陽気だった。

今日は二階と、できれば三階も探索してみたい。いまのところ書斎を見つけていないので、三階にある気がする。というか俺以外の家族はみんな三階に私室があるみたいだから、そういう大事なものとかは三階にまとまっている気がする。

「右よし、左よし、悪ガキよーし」

ヴェルガナを除くメイドたちは俺を見ないフリしてくれるので、用心すべきは父親と悪ガキだけだ。まあ父親に見つかっても家の中なら何か言われることはないだろう。問題は悪ガキ。絡まれたらふつうに邪魔だ。

慎重に、かつ不自然にならないように二階の各部屋を開けていく。私室は鍵がかかっているから入れないけど、それ以外の部屋は入り放題だ。

最初は扉をノックしていたが、だんだん面倒になってやめた。父や悪ガキにだけ気を付けて、屋敷中の扉を開けて回る。

納戸、トイレ、家族風呂、謎のベッドが並んだ部屋、衣裳部屋……うーん、ヴェルガナ以外のメイドの部屋は一階にしかないな。ちょうど着替えのタイミングに入るハプニングとか期待したんだけど。ほら、もし着替え中でも俺ってば五歳児だし、精一杯のアルカイックスマイルを浮かべたら何とかなりそうじゃない？　ニコッ。

「くそ、この世界にも欲望センサーがあるのか」

着替え中だったのはマッチョな料理長だけだった。即座に扉を閉めたよね。

料理長ってわりに筋肉ムキムキなのはすごいと思うけど、ひとこと言わせてもらうなら着替え中は鍵閉めてくれよ。つい立派な大腿筋(だいたいきん)に目を奪われちゃったじゃないか。

結局、二階に書斎はなかった。荷物を置いてるだけの部屋や、がらんどうの空き部屋もけっこう多かったな。屋敷の広さを考えたら、どう考えても部屋が余るだろうから当然か。

さて、では三階へ行こうか。

大人じゃ気にならない階段も、五歳児にとっては上るだけで筋トレだ。えっちらおっちら上っているとなにやら視線を感じて顔を上げる。

階段の先――三階の廊下の角から、ひょっこり顔を出している影がひとつ。

俺と同じ茶色い癖毛に、くりっくりの青色の瞳。あれはまぎれもなく妹のリリスだ。不安そうな表情でこっちを見ている。

ふむ。ルルクと仲が良かったのか、それとも……。

まあ考えてもわからないから、無難な対応でもするか。

俺は階段を上りきると、隠れているつもりのリリスに軽く挨拶した。

「やあリリス。今日もいい天気だね」

自慢じゃないが俺はコミュ障だ。そして天気の話は会話に困ったら誰とでもできるってネットに書いてた。

足りないコミュ力は外部から取り入れる……これぞ完璧な作戦だぜ。

「……」

無言だった。

あれれ～おっかしいぞ～？

アレかな。ずっと部屋にいて外見てないのかな。

ならば。

「今日も暖かいね」

「………」

うーん違うか。

じゃあ次は……くそ、ダメだ。他の天気の話題が思いつかない！　完璧なコミュニケーション作戦に思わぬ落とし穴が！

どうしたらいいのかわからずに黙っていると、リリスはシュッと引っ込んだ。そのままテトテト駆けていく足音。

「野生の妹に逃げられたか」

曲がり角を覗くと、三つほど向こう側の部屋にとびこんだリリスの姿。

なんだか巣穴に逃げ帰る小動物みたいだったな。

ま、いいや。気を取り直して。

俺はリリスの部屋とは反対側の廊下を進むことにした。さすがに俺以外の家族の私室が並んでいると思われるので、礼儀をわきまえて行動しよう。具体的にはまず中の気配をうかがって、人がいそうだったら無視する。いなさそうだったらノックして返事がなければお邪魔します！

という流れで順番に巡っていると、五部屋目の扉の先に書斎を見つけた。

「おおっ！」

本だ。

この世界の印刷技術がどれほど進んでいて本にどれくらいの価値があるかもわからないが、とにかく壁一面に並ぶ本があった。書架にはちゃんと移動式の梯子もついていて、子どもでも上段に手が届くようになっている。

部屋の中央にはソファが二つとテーブルがひとつ。テーブルにはベルが置いてあり、メイドを呼んで給仕してもらうこともできそうだ。

ゆっくり本を読める環境があるなんて、まさに公爵家最高。

「ふんふふ～ん」

鼻歌まじりに本棚を眺めて回った。

ちゃんと背表紙が読める。『マタイサ王国史』『貴族の常識』『経営学基礎』『騎士育成論』……地味に心配していたけど、ルルクは真面目に勉強していたのか問題なく文語の知識もあるみたいだった。文字がアルファベットみたいに一種類なのもなおさら助かった。日本語のような三種混合とかだったら、まず勉強から始めないとならないところだったからな。

史学に地理に経済に教育……貴族の家だけあって、お堅い本が多いな。伝記とか神話とかあればいいけど。

そういえばヴェルガナも勇者の伝説があったって言ってたな。創作だとは思うけど、べつに俺は昔話みたいな伝承だけにこだわってるわけじゃない。物語であれば二次創作でもＢＬでもイケる雑食タイプなのだ。

「『三人の賢者と世界樹』……お、これは小説っぽいな」

見れば、その周りにある本は小説や伝記ばかりみたいだった。

俺はそこから何冊か手に取り、テーブルに置いてソファに体を沈める。

まずは『三人の賢者と世界樹』から読んでいこう。

ふむふむ。

……。

…………。

……………。

ハッ⁉

まずい、読み耽ってしまった。

なにこれ普通に面白い。〝魔術〟〝理術〟〝神秘術〟の三賢者が旅をして、魔物を倒したり色々な人を助けながら冒険する話だった。

魔術の賢者はそのまま魔術で戦って、理術の賢者は薬学や化学みたいな技術で人々を助けて、神秘術の賢者は不可思議な力で仲間を守って……単純に設定が面白いのもあるけど、三人のキャラが立っててものすごく読みやすい。ストーリーもしっかりしてて良い意味で展開がわかりやすく、勧善懲悪ものだから章ごとに爽快感がある。物語の要所にちりばめられた〝世界樹〟の情報が、これからどう繋がっていくのか気になるところだったが……。

気づけば外は夕暮れ。集中しすぎて昼飯を食べ損ねている。

まあそれは仕方ない。

それよりも、だ。

「…………。」

書斎の入り口から、じっとこっちを見る影。

リリスだった。

なんだろう。目が合ったらちょっと引っ込むけど、視線を逸らしたらまた顔を覗かせてこっちを見ている。檻から解き放たれた珍獣でも見るような目だ。もしかしてルルクとリリス、いままでほとんど接点なかったのかな。

「えっと……何か用？」

声をかけると、シュバッと振り返って走っていった。

何がしたかったのか、女児はよくわからん。

これならまだガウイのほうが扱いやすいかもしれない。単純だし。

そう思いながら、本を棚に戻していく俺なのだった。

□□□□□

日の出とともに起きてトレーニング。

朝食後、二度寝してから夕方まで書斎に籠る。

日が沈むとすぐに就寝。

俺はそんな規則正しい生活を一週間ほど繰り返していた。

五歳の体はすぐに眠くなるから夜は起きていられない。もっとも照明の魔術器を使えないから、俺の私室は日没後すぐに真っ暗になり、何もできないのでちょうど良かった。

ヴェルガナブートキャンプのおかげでそれなりに体力もついてきた。運動場も二十周くらい走れるようになったし、ステータスも少し伸びてる。成長期ってすごいね。

書斎は天国だ。まだまだ読みたい本はたくさんあるので、当分ここに通う毎日を過ごすだろう。

とはいえ本を読んでるとちょくちょくリリスが覗きにくる。最初は気になっていたけど、声をかけたら逃げるので放っておくことにした。妹の視線を浴びながら読書することにも慣れてきたとき、扉がノックされる。

俺は手元の本から視線を動かさず応える。

「あいてますよ～」

「し、失礼しますっ」

おや、ドジっ子メイド少女だ。

我が家のメイドたちの顔もわりと憶えてきたけど、少女と呼べるメイドはこの子ひとりだけだ。他のみんなは熟年メイドがほとんどで、この子だけが飛びぬけて若い。若いって言っても俺より十歳くらい年上で、発育の良い中学生って感じなんだけどな。

公爵家だから客も高位の貴族が多いのだろう。メイドランクの高いスペシャリストたちを集めてるって感じだった。この子以外。

「ルルク様、紅茶をお持ちしました」

そういえばさっき、廊下ですれ違うときに頼んでたっけ。

他の家族が気軽に頼んでいるから、俺も頼んでみたら意外とＯＫだった。忌み子でも一応は公爵家の一員ってワケか。

メイド少女は緊張した面持ちでお盆に載せたポットとカップを運んでくる。何かとドジしてるシーンを目撃してるから不安になるな。頼むから書斎でひっくり返さないでくれよ。ほんと頼むよ。フリじゃないからな？　な？

「『……ふう』」

紅茶は無事に到着し、ポットとカップが目の前に置かれた。息をつく俺とメイド少女。ハモったせいで目が合う。

「しっ、失礼しました！」

恥ずかしかったのか、真っ赤に染めた顔をお盆で隠すメイド少女だった。

うん、こっちこそありがとう。あとは自分でやるからもういいよ。きっといまので幸運値が下がっただろうから無理しないで。

俺が礼を言って紅茶を注ぎ始めると、メイド少女はそそくさと部屋から退出しようとして、足を止めた。

「あら？　リリス様、どうされましたか？」

ずっと入り口から覗いていたリリスが、部屋に一歩入っていた。足をそっと部屋の床に乗せた、みたいな体勢だ。

メイド少女に声をかけられても微動だにしないリリス。じっと俺を凝視している。

「……」

「……？」

「……？」

何を考えてるのかわからない女児だが……注意深く観察してみるとリリスの視線がとらえているのは俺が持っているティーポットっぽい。

試しに、ポットを上にあげてみる。

くいっ
すすすす。

視線がついてきた。

下げてみる。

くいっ
すすすす。

……うん、間違いなく紅茶に興味がおありなようです。

喉が渇いたんだろうか。ま、一人で飲むには多いからちょうどいい。

「リリスも一緒に飲む？」

「……うん」

「じゃあ、二度手間になるけどカップもうひとつ持ってきてもらえるかな？」

「は、はい！」

「悪いね」

メイド少女がすぐさま部屋を出ていった。

手招きすると、リリスはゆっくり近づいてきた。ポットをじっと見つめて首をかしげる。

「……おはな？」

「花？　ああ、ポットのデザインね。リリスはこの花の名前知ってる？」

「しらない」

「これはガーベラっていうんだよ。花言葉は希望」

「……ガーベラ、かわいー」

ソファによじ登ってくるリリス。俺の隣に座って、ポットに描かれた薄紅色の花をじっと見つめていた。やっぱり世界が変わっても、女児は花が好きなんだな。

すぐにメイド少女が戻ってきて、新しいカップをリリスの正面に置いた。リリス専用なんだろう、果物の絵が描かれた小さなカップだ……いや待て。カップの縁を彩ってるのは金かな？　しかもこれ塗装じゃなくて本物の金？　なんか取手にブランドロゴみたいなのも描かれてるし、もしかしてブルジョワジー？

一方俺のカップは無地の陶器。どこにもブランドの気配はない。百均とかで売られてても違和感はないぞ。

「ではルルク様、リリス様、わたしは失礼いたします。また御用がおありでしたらお呼びください」

「あ、はい。ありがとう」

「ありがとー」

俺のマネしてリリスも礼を言う。なにこの子可愛い。

リリスのカップにも紅茶を注いでやると、すぐに口をつけていた。紅茶は子どもでも飲みやすい温度まで冷ましてくれてるから火傷の心配はない。保護者のような気持ちでリリスがカップをテーブルに戻すのを見届けてから、俺も一口。

うん、うまい。

「俺は本の続き読むけど、リリスはどうする？」

「……リリもよむ」

「わかった。何が読みたい？」

「えほん」

「絵本か。どこあるかな～」

「あそこ」

リリスが本棚の一角を指さす。

リリスの目線の高さに絵本が集められていた。指示通り絵本をいくつか抜いてテーブルに置いてやる。リリスはひとしきり悩んでから選ぶと、座ったまま読み始めた。

さて、俺も続き続き。

しばらく俺とリリスは静かな読書タイムを過ごした。紙をめくる音と、時折カップを動かす音だけが書斎に響く。

平和で、穏やかな時間だった。

しかしそんな静寂を破るのは、決まってこの男。

「おいモヤシ！」

バン！　と乱暴に扉が開いて飛びこんできたのは悪ガキ。

いい場面だったのに邪魔しやがって。

俺はムッとした顔を隠さなかった。

「今度はどうしたの」

「うわっ！　ほんとにリリスもいる！」

無視しやがった。

俺の隣で絵本を熟読するリリスを見て、なぜか怒ったように声を荒らげるガウイ。

「おいてめぇモヤシ！　リリスを洗脳したな！」

「は？」

「しらばっくれるなよ！　リリスは男嫌いなんだぞ！　父上にも懐かないんだぞ！　それなのに一緒に本読むなんてうらや……違う、どうやったんだよ！」

「はは～ん」

リリスが男嫌いだという真偽はひとまず置いといて、ガウイが言いたいことはハッキリとわかった。

こいつアレだな、シスコンだな？　嫉妬してるんだな？

そうとわかればやることは決まっている。

まずはポーカーフェイスだ。

「さあ、俺は普通に過ごしてただけだけど。なあリリス」

「……なあに？　ご本は？」

「いやな。ガウイがやってきて変なこと言うからさ」

「むぅ……」

あからさまに頬を膨らませてガウイを睨むリリス。

きっといい場面だったんだろう。そりゃ邪魔されたら怒るよな。

ガウイもリリスに睨まれてさっきの勢いを失くしていた。怒りをぶつける矛先を失って困っている。

なら追加コンボだ。

「そういえばリリス、一人で本読めるんだな」

「うん。ママにおしえてもらったもん。リリ、えらい？」

「偉いぞ」

「えへへ」

褒めて欲しそうだったので頭を撫でると、はにかんだリリス。

なにこの子、天使の生まれ変わりか？

「ぐっ、ぬぬ……」

悔しそうなガウイの声が聞こえた。

俺？　もちろんリリスに気づかれないようにガウイのほうを向いてニヤリとしてやったぜ。

ははは、拳握って何か言いたそうにしてやがる。

でもまあ俺も鬼じゃない。天使を愛でるおこぼれくらいは差し出してやろう。

「ほらリリス、ガウイもリリスのこと褒めたそうにしてるぞ。褒めてもらいな」

「や！　ガウイお兄ちゃんイジワルだからキライ！」

ぷいっと顔を背けるリリス。

白目を剥いて失神一歩手前のガウイ。

爆笑を堪えて腹をよじる俺。

おそらく日頃の行いだろうな。いいかガウイよ、妹に好かれたかったらいい子になるんだ。誰もが認める無垢(むく)な子どもになるんだぞ……手始めにサンタさんを信じるところからだ。だからその俺に向けてる殺意と拳を下ろしなさい。暴力は何も生みませんよ。

「そっかーガウイお兄ちゃんは意地悪なんだなー」

「そう！　いっつもリリのお人形とるもん！」

「そりゃダメだな。嫌われても仕方ないなぁ」

ガウイは好きな子にイタズラしちゃうタイプの男子だな。わかりやすい。

でも残念ながら女子にはそのツンデレは伝わらないんだ。それは六法全書にも書かれてあるくらいわかりきったことなんだぜ。

リリスは不安になったのか、心配そうな目で俺を見上げる。

「……ルルお兄ちゃんは、お人形とる？」

「取らないよ。リリスの嫌がることはしません。俺は死ぬまでリリスの味方です」

「ほんと？　やくそく？」

「いいぞ。指切りしよっか？」

「……ゆび、きるの？」

怖がって後ろに手を隠すリリス。

かわゆい。

「違うよ。約束のおまじない。小指と小指をくっつけて約束したら、絶対に守らないといけないんだ」

「おまじない！　する！」

俺とリリスは小指を絡めて、指切りげんまん。

嘘つ（うそ）いたらハリセンボンくらい丸呑みしてやるぜ妹よ。

「指切った！」

「たっ！　えへへっ」

離した小指を嬉しそうに抱えるリリスだった。

うむうむ。年の近い兄とはちょっとアレだけど、妹とはいい関係を結べそうでなによりだ。前世から独りには慣れてるとはいえ、この屋敷でいつまでも一人きりじゃ寂しいもんな。まずは友達ゲットだぜ。

「で、ガウイくん……何で服嚙（か）んでんの？」

「ぐぐぐぐぐぐ」

自分の服をまくり上げて嚙んでやがる。ふつうに絵面が怖い。

俺とリリスのイチャイチャに相当腹を据えかねたんだろうな。物を噛むことでストレス発散するのは悪い手段じゃないからそっとしておこう。でもあんまり噛んでると服がヨダレでびしゃびしゃだぞ。

「ガウイお兄ちゃんまだいるー！　ここはご本よむところだから、はやくどっかいって！」

「グハッ！」

急所に直撃したガウイは、白目を剥いて倒れた。

……マジでピクリともしなくなったな。さてはストレスが限界突破して気を失ったか。まあ面白いので放っておこう。

「む～。出ていかない……」

「アレはガウイの形をした置物だと思えばいいよ。さ、続き読もう」

「うん！」

倒れたガウイは無視して、読書タイムに戻った。

それからは乱入もなく平和なときを過ごした。

ガウイの目が覚めたのは、そろそろ夕飯だからとメイドが呼びに来たときだった。床に倒れていたガウイはムクリと起き上がり、能面の表情で黙々と俺たちが読んでいた本を片付けてくれた。

愛する妹に滅多打ちにされて、善なる心に目覚めたか？

ちなみに夕飯はポトフみたいな具沢山のスープだった。ごちそうさまでした。

「……あれ？」

翌日、書斎に訪れたら昨日読んでいた本がなかった。

誰かが借りて行ったんだろうか。場所は憶えていたし、歯抜けになってるから間違いなく誰かが持って行ったんだろうけど。

まあいいか。

そう思って別の本を取りに動いたら、そっちもなかった。というより、昨日出していた三冊の本がすべて持ち去られていたのだ。

これはもしかしなくても、

「ガウイだな……」

俺の代わりに本を片付けてくれたのはタイトルを憶えるためだったか。

また手の込んだイタズラをしやがって。

ここで仕方ないと諦めて別の本を探すのも手だが、なんだかガウイに負けたみたいで癪に障るな。あまり興味のないものならどうでもいいけど、こと物語においては妥協したくない。

「よし、そうと決まれば狩りの時間だな。ガウイと名の付くものは、この世から一匹残らず駆逐してやる！」

「してやる～？」

「おっとリリス。来てたのか」

「うん！　ルルお兄ちゃんどこかいくの？　ご本は？」

「ああ、ちょっと読んでた本が盗られてな。悪ガキに問いただしてこようかと」

「イジワルされたの？」

「う～ん、どっちかっていうと嫉妬の八つ当たり」

「？」

さてさて、いまの時間ガウイは何をしてるかな。

部屋を出ると、リリスも後ろからついてくる。

「どこいくの？」

「ガウイの部屋。どこか知ってる？」

「うん。こっち」

先導してくれるらしい。

廊下を進んで三回ほど角を曲がる。ほんとに広いなこの屋敷。リリスが止まって指さした扉には『オレ様の部屋』と書かれた板が張り付けられていた。うわぁガウイっぽい。

とりあえずノックする。

「ガ～ウイ～野球しようぜ～」

ガチャ。

「なんだモヤシかよ。ヤキュウってなんだ？」

「そんなことよりガウイくん。俺に言いたいこと、なぁい？」

上目遣いで面倒くさい彼女みたいな声で言うと、すぐに察したのかニヤリと笑みを浮かべたガウイ。

「ああ、もう気づいたのかよ」

「そりゃ気づくよ。本のことならとくにね」

「思ったより早かったな。でも残念、オレ様は持ってないぜ」

「そうか……そんなにお腹空いてたのか」

「食ってねえよ！」

「お腹壊すよ、ぺってしなさい」

「おめぇはオレ様を何だと思ってんだ⁉」

冗談はともかく、持ってないならどこかに置いたってことだな。

正直に答えるとは思わないけど、一応聞いてみよう。

「ではガウイくんに問題です。『近代魔術史』『悲劇の魔王』『竜と騎士（下巻）』。この三冊を足した合計が幸福になるとき、それぞれの値（ばしょ）を答えよ」

「変な言い回ししてんじゃねぇよ。せいぜい自分で探せクソモヤシ」

「ファイナルアンサー？」

「あ？　なんだって？」

「君の答えはそれでいいのか、と聞いている」

「ああ、もちろんだ」

ニヤニヤと笑う悪ガキ。

そうか、それなら仕方ない。これ以上苦しめるのは本意ではないが……本当に心苦しいが、そんな不義をされたら俺も黙ってはいられない。確かこういう場面にピッタリなセリフがあった気がする。そうそう、確かコレだ。

「サンタさんとマリアさんの名に誓って、すべての不義に鉄槌を！」

「そのふたり誰だよ」

首をかしげるガウイ。

俺は答えずに、扉の前から一歩後ろへ下がった。俺の陰にいたのはもちろん、

「ガウイお兄ちゃんのイジワルっ！　キライ！　だいきらいっ！」

「あばぁ」

膝から崩れ落ちるガウイだった。

あ〜スッキリした。

こうして不可抗力で始まった宝探しゲームだったが、意外にもリリスが乗り気で手伝ってくれた。壺の中、テーブルの下、ソファの後ろ……ガウイの行動範囲を考えて探したらわりと順調に見つかってくれたので、さほど時間はかからなかった。リリスも探すの楽しそうだったし。

こうしてこの日、リリスからガウイへの好感度は下がりまくった。

ちなみに成長したリリスにこの話をすると「最初からガウイお兄様の好感度なんて最低値でしたよ」と言い捨て、ガウイは泡を吹き、俺が爆笑するという流れはいずれ俺たち末っ子兄妹の鉄板ネタになるのだった。

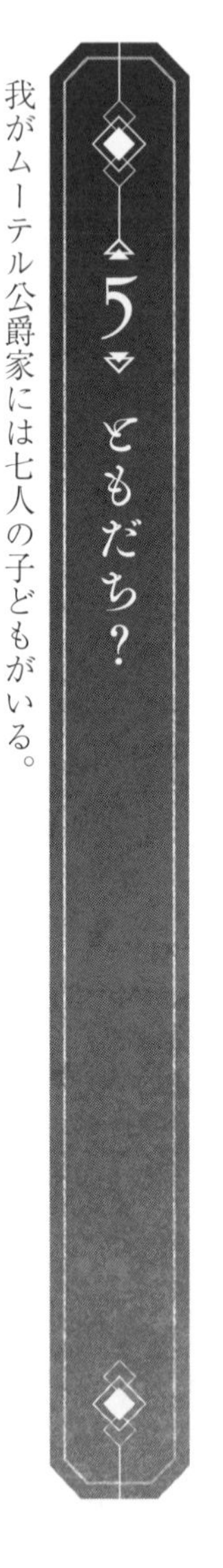

5 ともだち？

我がムーテル公爵家には七人の子どもがいる。

長兄である第一夫人の嫡子ララハインを筆頭に、男子ばかりが六人続く。ガウイは五番目、俺ことルルクは六番目だ。そして一番下に長女のリリス。

俺たち末っ子三兄妹はまだ幼いからと、学校には通わず屋敷で暮らしている。

上の四人は騎士学校に通うため王都に住んでおり、滅多に帰ってくることはない。

ちなみにララハインだけは騎士として働いているらしい。成人年齢の十五歳を過ぎていて、すでにかなりの強さだと、なぜかいつもガウイが自慢している。

なぜ、こんなことを話し出したかというと理由は単純。

屋敷内に、俺の知らない子どもがいるからだ。

「……どう見ても兄たちじゃないよな、うん」

ルルクの記憶がない俺は、当然兄たちの顔も知らない。

鼻歌まじりに廊下を歩いていたら、一階の玄関ロビーに見たことのない子どもたちがいたのだ。

一人は女の子で、一人は男の子。リリスと話していたから俺もこっそり様子をうかがってみた。

ふたりともリリスや俺と同じくらいの歳で、綺麗におめかしして着飾っている。どこかの貴族の子だろう。年の離れた四人の兄ではないのは確実だ。

「だからさ、僕の家にもおいでよリリスちゃん。王都はすっごい都会なんだぜ。こんな田舎街よりずっと楽しいよ」

「で、でも……リリ……」

「なんなら帰るとき連れてってやろっか？」

「でも、あの……」

「ちょっと、リリスが嫌がってるでしょ」

テンションの高い男の子に、隣の女の子がピシャリと言った。

「そんなことねえよ。な、リリスちゃん」

「えと、その」

「行きましょリリス。あっちで折り紙たくさん教えてあげる」

「あ、うん。コネルちゃんまって」

「お、おい置いてくなよ」

三人でバタバタ駆けながら、玄関の外に走っていった。

誰だったんだろう。

我が家は公爵家だ。他の貴族との繋がりがあるし、来客があるのも日常のひとコマだ。もっとも同じ年代の子どもを見たのは初めてだったから、ちょっと興味が湧いてしまった。

「にしても、嫌がるリリスを誘うのは許せんな」

「同感だぜ」

いつの間にか隣にいたのはガウイ。

「よし、オレ様が様子を見て来てやる。もし何かあったらリリスを守ってやるぜ」

「頼むよ。俺は何もできないし」

「ふん、せいぜい感謝するんだなクソモヤシ」

「いってらっしゃい」

意気揚々と階段を下りて、彼らの後を追うガウイだった。

俺は来客があるときはすぐに部屋に戻れと言われているので、大人しく自室に向かった。

たまにはガウイに花を持たせるのもいいしな。

そんな風に部屋に戻ると、外からガヤガヤと声が聞こえて窓を開けた。

俺の物置部屋は裏庭の訓練場に面している。いつもヴェルガナと訓練をしているその場所で、リリスたちが騒いでいた。

「ふ、ふたりともやめてよ」

「リリスちゃんの兄貴だからって偉そうにすんなよな」

「おうおう、オレ様に楯突こうってのか？」

「が、ガウイお兄ちゃん」

「ほらリリス、こんなバカたちはほっといてあっちで遊びましょ」

リリスを取り合って口論を始めていたガウイと少年。

さっきコネルと呼ばれた少女が、すぐにリリスを近くの椅子に連れて行った。小さな紙を取り出して遊び始めていた。

　すでにリリスの意識の外に弾き出された二人は、気づくことなく口論を続けている。

「騎士一家だからって僕を舐めるなよ！　これでもステータスは全部１００超えてるんだからな！」

「ハン、それがどうした。オレ様なんて全部１５０以上あるんだぜ」

　ステータス自慢を始めた。

　基礎ステータスは鍛えれば鍛えるほど上がっていき、３００程度で鍛えてない大人くらいの数値らしい。ガウイは父親に似てかなり体格も良いし訓練もしているから、すでに１５０を超えている。腕力値に至っては、もはや２５０を超えているんだとか。

　俺もまだ敏捷値以外は１２０にも満たないから、ガウイに比べると貧弱な坊やだ。

　腕力じゃガウイに勝てないと知った少年は、今度は魔術自慢を始めた。

「ふ、ふん！　僕は魔術だって使えるんだぞ」

「オレ様だって使えるぜ」

「僕は三つも使えるんだ。スゴイだろ」

「オ、オレ様は……百個だ！」

　おい嘘をつくな嘘を。

「へ～百個？　ほんとに？」

「ほ、本当だ」

「じゃあ使って見せてよ。僕が数えてあげるからさ」

「いや、それはっ……」

モゴモゴと言葉を濁すガウイ。

少年がニヤニヤして、

「あ～嘘ついたんだ。いっけないいんだー」

「嘘じゃねえし……」

「百個なんて僕の先生でも使えないのに、おまえが使えるワケないじゃん。やーい嘘つき！　嘘つきはタイホされるんだぞ～。騎士一家なのに犯罪者～大嘘つきの大マヌケ～」

「ぐ、ぬぬぬ」

「悔しかったら魔術百個使ってみろよ～ほらほら～」

ガウイの周りをぐるぐる回って挑発する少年。

ガウイと同レベルのクソガキだなぁ。

顔を真っ赤にしたガウイはまだ諦めてないようで、

「い、いまは使えないだけだ！　いつか使うから嘘じゃねえ！」

「ムリだろ百個なんて」

「できる！　おめぇの先生なんざ目じゃないくらいに強くなってやるんだからな！　いつかララハイン兄さんみたいな最強の騎士になるんだ！」

「ララハイン？　誰それ」

「し、知らないだと⁉」

　ガウイが目を見開いて後退りした。

「騎士になって一年目で第一騎士団に抜擢された〝閃光のラライハン〟を、まさか知らないだって⁉」

「うん」

「な、なんだと……」

　驚愕してよろめくガウイ。

　ごめんガウイ、俺も知らなかった。

「五年間、学校で一度も成績トップから落ちたこともなく訓練で負けたことすらなく、街を歩けば女子がキャーキャー悲鳴を上げて、魔術の腕も超一流で宮廷魔術士とすら戦えるっていうあのラライハン兄さんを……？」

「知らない」

「去年、超美人なお嫁さんをもらって休みの日には二人で買い物に出かけているのに、いつの間にか家でサプライズプレゼントを用意している紳士としても最高のあのラライハン兄さんを……？」

「知らない」

「通りすがりの婆ちゃんが荷物が重くて困ってたとき、その荷物を片手でかついで反対側で婆ちゃんを担ぎ上げて『筋トレにちょうどいいですね』と笑って人助けをする、あの誰もが好きになるようなララハイン兄さんを……？」

「知らない」

「それと――」

「もういいって」

ガウイの早口オタクっぷりに顔をしかめた少年。

ガウイはまだ語り足らなそうにウズウズしていた。

少年は毒気を抜かれたのかそのまま不満そうに黙っていると、裏口から彼の父親らしき貴族が顔を出した。すぐに息子を見つけて「おーい、帰るぞ」と呼んでいた。

少年は嬉しそうな顔を浮かべると、父親の下へと走っていく。

「おいおめぇ！」

そんな少年を呼び止めたガウイ。

少年は振り向いて、

「なんだよ嘘つき」

「うるせえ。いつかオレ様が本当に魔術百個みせてやるよ！」

「そんなことできるもんか」

「やるったらやる！　いいか、オレ様もあと二年で王都に行くからな、そしたらまず魔術十個みせてやるから覚悟しておけよ！」

「ふん！　じゃあ僕は二十個だ！」

「言ったな？　憶えておいてやるからな！」

「べー」

どこか似た者同士のクソガキふたり。

少年はそのまま訓練場を出て、父親について帰っていった。

……因縁を持ったというか、悪友ができたというか。

騎士になりたいガウイにとっては、ライバルができたことは良いことかもしれない。

少年が去っていった頃には、いつの間にかリリスとコネルもいなくなっていた。

一人になった裏庭で、ガウイは腕を組んで首をかしげた。

「……ってか、あいつ誰だったんだ？」

うん。

それは俺も思った。

数字って言うのは不思議なもんだ。

文明が進んでいくと、いろんな文化圏で生まれていた数の数え方が統一されていく。それは地球でもそうだったし、この異世界でも変わらないらしい。

いわゆる十進法かそれ以外の進法か。地球では科学が、この世界では魔術が進化して情報伝達がより速くより広範囲になるにつれて、あらゆる文明が十進法に統一されていった。もちろんプログラミングや少数部族ではいまだに残っているけど、もはや例外と言ってもいいだろう。

なぜ十進法になっていくのか。

それは、俺たちの手の指が十本だからじゃないかと言われている……らしい。

「これがこの世界のお金か……単位はダルクで、銀貨一枚で千ダルク。百ダルクでリンゴ一個ってことは銀貨二枚だと二千円の価値くらいかな」

渡された二枚の銀貨は、この世界で初めて手に持ったお金だった。

世界や言葉は違えど数の数え方はたいてい同じ。そういえば小説とかでも言葉は違っても数字の違いは目にしたことはなかったな。

俺はなぜか、その事実自体に興味を持ってしまった。

まあそれはいいや。

とにかく俺はもらった銀貨二枚を大事に握りしめていた。息をひそめて、荷馬車の荷物に紛れ込みながら。

なぜそんなことをしているかって？

それは数十分前にさかのぼる。


「——え、父上がいない？」

「そうさね。今朝、巡回のため隣の領へ向けて出立したのさ」

いつものように書斎に向かった俺は、メイド服のヴェルガナに鉢合わせして世間話をしていた。そしたら父親が遠征を再開したことを耳にしたのだ。そういえば、このところメイドたちがいそいそ旅の準備を進めていたな。

父に帯同していったのは執事、護衛騎士三名、メイド五名。このまま西へ向かってから南下して、ぐるっと反時計回りに国内を移動して王都に戻っていくらしい。我が屋敷には一年近くも帰らない予定なんだとか。

「ってことは俺、ついに自由⁉」

「ルルク坊ちゃんは敷地から出すな、ってメイドも兵士も厳しく言付かってるさね」

「ですよね～」

そもそも同じ屋敷にいても滅多に顔を合わせなかったんだから、いまさら家にいなかったところで状況が変わるわけもなし。

「はぁ。せめてステータス鑑定くらいはしておきたいんですけど……チラッ」

「アタシはメイド長で子どもたちの教育係さね。他を当たんな」

「わかってますよ、わかってます……わかって……うっ、目から汗が」

必殺！　自由を与えられない可哀想な子どもビーム！

「ウソ泣きは本当に必要なときに取っておきな。慣れると鈍るさね」

「ご指導あざます」

やはりヴェルガナには通じないか。

「……ルルク坊ちゃんは変わったさね」

「そうですか？　もう筋肉ついてきましたか」

ステータスは緩く伸びていっている。体力も普通の子どもくらいはついたと思うし、確かに貧弱な坊やから普通の坊やに変わったと思う。

「そうじゃないよ。生き返ってからどうも垢抜けて大人になったようで、かと思えば子どもらしくなったとも言えるさね」

「そりゃあ一度死んだら変わりますよ。まあ昔のことは一ミリも憶えてないですけどね！」

「そうかい……ひとつ聞くがね、ルルク坊ちゃん。将来のことは考えたことあるかい」

「騎士になるんじゃないんですか？　ヴェルガナはそのために鍛えてるつもりなのかと」

素直にそう言うと、ヴェルガナは声を抑えた。

「それは建前だよ。もともと魔術が使えないのに騎士になんてなれやしないさね。ディグレイ坊の指示通りに、アンタがどこぞの子爵家の婿養子になるってんなら、いまの訓練もそこそこにして領地経営の勉強を叩き込むんだけどねぇ……アンタ、その気ないさね？」

「わかります？　俺、恋愛結婚派なんで」

「はん、公爵家の人間が甘いこと言うもんだねぇ」

そりゃあ貴族は政略結婚がふつうだろうからね。

でも俺はまだ五歳。理想を語るのも許される年齢だ。

「そういえばヴェルガナは結婚してないんですか？」

「……アタシの話はどうでもいいんだよ。それよりアンタ、婿養子にならなければどうするつもりさね。まさか学者にでもなるってワケじゃないだろうに」

「正直に言うなら、そのためにも詳細ステータスを把握したいんですよ」

基礎ステータスは普通で、コモンスキルも精神系のひとつのみ。

でも俺もただ娯楽で本を読んでたわけじゃない。情報収集もきちんとしていた。

この世界の人々にはもともとの肉体が持つ【基礎ステータス】と【コモンスキル】の他にも、細かなステータスやスキルがあることを知っている。

鑑定術を使わなければなぜか閲覧できないため、自分のステータスを知るためには教会で調べてもらうのが最短距離だ。

たまに『鑑定』を使っても出てこないステータスやスキルもあるらしいが、ほとんどは確認可能なんだとか。

「なので、よければ俺を教会まで連れてってもらえると……」

「それはダメさね」

とりつく島もなかった。

俺がガッカリと肩を落としていると、さらに声量を絞ったヴェルガナ。

「……ところで今日の午後、リーナ様がリリス様を連れて中心街の商人ギルドで買い物をする予定さね。商人ギルドは教会の隣にあるから歩いてすぐだし、買い物の予定だから荷馬車で行くつもりだね。荷馬車も往路はすっからかんで空箱がたくさん置いてある。それと鑑定には手数料がかかるけど、おっと、手が滑ったさね。アタシも歳かねぇ」

と俺の手に銀貨を二枚握らせてきたヴェルガナだった。

この老婆、神か？

「ありがとうございます！」

「はて、何のことやら。荷馬車はリーナ様が昼食の間に準備を済ませるから、それから出発までの間は誰も見張ってないさね。じゃあアタシは帯同するメイドの人選を考えないといけないから部屋に戻るさね」

「はい！　ごゆっくり！」

そういうわけでヴェルガナを見送った俺は、急いで部屋に戻って服を着替えた。

こっそり教会に行くから普通の恰好でいいだろう。でも普通の男児ってどんなだ？　街にいる子どものイメージは……悪ガキだな。よし、ガウイに似た格好で行こう。

着替えた俺は、運ばれてきた昼食をマッハでかき込んで部屋を飛び出した。

銀貨を二枚大事にしまって裏庭から出て屋敷をぐるりと回り、正面玄関そばの木陰に隠れる。巡回の兵士たちに見つからないようにコソコソと。

しばらくすると馬車が二台やってきて玄関前に止まった。豪華な装飾の馬車と、車部分に布が張られただけの荷馬車だ。それぞれの御者が下りて玄関から中へ入って行く。

無人の荷馬車。いまが好機！

俺は抜き足差し足で荷台によじ登る。木箱がいくつも置かれていた。

さーてどこに入ろうかなぁ。

あまり悠長に選んでる時間はないので、とりあえず奥の大きめの木箱を開けて……。

「……なにしてんの？」

「しっ！　見りゃわかるだろ！」

ガウイが中にいた。

そりゃ見ればわかるよ。俺と同じくこっそり忍び込んで外出しようって算段だろ。

「いつからいたの？」

「へへっ。朝からに決まってんだろ」

なぜか誇らしげなガウイ。それ、自慢することか？

「俺は外出禁止だけど、ガウイは違うじゃん」

「そうだけど！　家の決まりでリリスとは一緒に出かけられねぇんだよ！」

ああなるほど、公爵家のキッズたちが同時に出かけたら、警備があっちこっちで大変だからかな。

だからこっそりついていって一緒にお出かけ気分を味わおうってか。

でもさガウイ……それ、控えめに言ってもストーカーじゃない？

「黙っててやるからやめたほうがいいよ。とくにリリスにバレたら好感度が取り返しつかなくなるんじゃ」

「うるせぇ！　おめぇも行くならなおさら止められるかよ！」

おおう。嫉妬で身を滅ぼしていく系の男児だ。

まあよく考えたらリリスの好感度はとっくに火車だろうから、いまさら採算が取れるものでもないか。

とりあえず俺の邪魔にならなければいいや。

と、玄関の扉の向こうから話し声が聞こえてきた。リーナとメイドの声が近づいてくる。

「(おいモヤシさっさと隠れやがれ！)」

「(わかったよ。じゃあまた後で)」

もちろん同じ箱に隠れたくなるほどガウイにはトキメいてないので、ちょっと離れた箱に入り込む。

ガウイの箱に比べればちょっと小さいけど、膝を畳めば余裕なサイズだ。完全に蓋を閉めると怖いから、ちょっとだけ空気穴の隙間をあけておこう。

じっとしているとリーナとリリスが話しながら前の馬車に乗ったのがわかった。他の声はメイドたちかな？　護衛も何人かいるようだ。

ほどなくして馬車が動き出した。異世界で初めての馬車体験だ。乗り心地は……おお、思ったより揺れない。ちゃんとサスペンションがついてるからかな。さすが公爵家の荷馬車。

さて、しばらくはドナドナ気分だ。

子牛はいないし荷馬車はたいして揺れないけど、乗っているのは可哀想な忌み子と言いつけ破り常習犯の悪ガキだ。売り飛ばされても文句は言えない。

「行ってらっしゃいませ！　お気をつけて！」

門が開き街へ。

何度かヴェルガナの部屋から街を見たけど、たしか屋敷は街の西端にあるんだったな。屋敷前には大きな公園があって、そこから真っすぐ進めば中心街だ。

ってことはそろそろ顔を出しても誰にも見られないんじゃないか。

「そろーり」

あ、ガウイも同じタイミングで顔を出しやがった。マネすんな。

ゆっくりと進む馬車は、公園を抜けて街道をゆく。公爵家の馬車だからかみんな避けてくれるみたいで、速度が変わることはない。

住宅地を抜けて、賑やかな音が増していく。

「らっしゃい！　串焼きが安いよ！」

「そこのお姉さん、新鮮な採れたてシビレキャベツが入荷したよ！」

「お嬢さん、占いに興味ない？　運命の相手がわかっちゃうかもよ」

客の呼び込みが活発になってきた。

ここはどうやら露店街ってやつか。

おお、たくさん人がいる。

屋敷じゃ考えられないような人口密度だな。みんな活気づいているというか逞しいというか、商売人と客の交渉なんかも風に乗って聞こえてくる。何かを焼いた香ばしい匂いが漂ってくる。それに甘い香りも。

「リリあれ食べたい！　あっちも！」

「さっきお昼食べたばかりでしょ。我慢なさい」

「え〜」

リリスがワガママを言い、リーナが窘める。

もっともリリスの気持ちもわからなくはない。屋敷で出てくる甘味はさっぱりとしたものが多い。それに比べて露店の甘味は、どう見ても体に悪そうな揚げ物の塊みたいな……あれ、どこかで見たことあるぞ……たしか沖縄名物に似てる気がするな……？

「うーん。偶然か？」

あまりじっくりと見られなかったので定かじゃないが、まあ気にするほどのことでもないだろう。揚げるという調理法さえ使えば思いつく菓子だろうしな。

　俺も高校生の頃はほとんど一人暮らしみたいな生活だったから多少料理はしてきたけど、知識豊富ってワケじゃない。いずれ食べたいとも思うけど、それよりもあっちの異世界っぽい物のほうが気になる。

　串に刺さってる、タコの足っぽい見た目の肉だ。

「さっき入荷したイビルハウンドの尻尾だよ！　珍味だよ！」

　イビルハウンド。書斎の魔物図鑑に載っていた犬の魔物だ。

　魔物の肉……美味しいのか？

「じゅるり、うまそうだな」

「え、魔物なのに？」

　ガウイが涎（よだれ）を垂らしていたので驚く。

「何言ってんだモヤシ。肉なんてほとんど魔物の肉だろ」

「そうなの？」

「知らなかったのか？　うちで出てくる肉も全部魔物の肉だぞ。というか、魔物以外の肉なんてこの街じゃ手に入らないだろ」

　そうだったのか。

　どうりで出てくるのが謎の肉ばっかりだと思ってた……たぶんしっかり臭み抜きはしてるんだろうけど、日本の牛とか豚の品質が良すぎたせいか気になってたんだよね。

「っていうかなんで魔物以外の肉がないの？」

「そりゃ、この街の東にダンジョンがあるからだろ。冒険者がみんな魔物の肉を獲って帰ってくるから、この街は魔物の肉がめちゃくちゃ安いんだって父上が言ってたぞ」

なるほど流通バランスのせいか。

それなら納得だな。出てくる食事に必ず数種類の肉があった理由もダンジョンのおかげか。

というか迷宮(ダンジョン)ね……この世界に存在することは『三賢者』をはじめいろんな本を読んで知ってたけど、この街にもあったのか。

「まあ、俺には関係ない話かな」

ステータスがぱっとしない五歳児にとっては冒険者もダンジョンも無関係だ。

そうこうしているあいだに馬車は露店街を抜けて、やがてひときわ大きな建物の前に着いた。

街の建物はたいていニ階建てだけど、この建物だけは五階建てっぽい。高さだけならムーテル家の屋敷より立派だな。

『商人ギルド』

看板にそう書かれているから、ここが目的地だ。

ギルドの定義がよくわからないけど、組合みたいなもんなんだろう。買い物もできるってことは中に店もあるに違いない。それも貴族御用達のハイブランドショップだろう。

……うん、完全に俺は場違いだな。はやいとこ離脱して教会に向かおう。

馬車は門の前で少しだけ停車したが、すぐに敷地内へ進み始めた。正面玄関の入り口近くに馬車がいくつも停まっている場所があった。

その一番広い一画に停車して、リーナとリリスがメイドたちに付き添われて下車した。彼女たちがすぐそばの屋根のある場所でひと休みしている様子をこっそり眺めながら、抜け出しどきをうかがう俺とガウイ。

「なあモヤシ」

「どうしたの」

「……オレ、中に入れるかなぁ」

「うーん、ムリじゃないかな」

正面玄関には屈強な警備兵が二人立っており、鋭く眼光を光らせている。リーナもリリスも綺麗におめかししていて、見るからに上客だとわかる。

ガウイはもちろんいつもの悪ガキファッションだ。がんばって目を細めて見ても街中にいる子どもと違いがわからない。

ドレスコード判定があるなら、審査員全員が迷わず不合格を上げること間違いなしだ。

「オレ、何で来たんだろ……」

現実を知り、膝を抱えて箱の中に埋もれたガウイ。

その背中に何とも言えない哀愁が漂っていたので、優しい俺はそっと蓋を閉めてやった。蓋に耳を当てたら中からシクシク泣く声が聞こえる気がする。うん、聞かなかったことにしよう。

かくいう俺もガウイの相手をしてる場合なんかじゃない。隙を見計らって飛び降りて、すぐさま木の陰に隠れる。

まだ人の目が多いから動くには早計だ。せめて公爵家の面々がいなくなるまで隠れておくのが無難だろう。

そう思ってじっとしていると、リーナの慌てた声が聞こえてきた。

「リリス！　どこに行ったのリリス⁉」

よく聞けばリーナだけじゃなく、護衛の兵士やメイドたちも声を張ってリリスを呼んでいた。

さっきまで休憩所で休んでいたリリスの姿はどこにもない。

……待て待て。

これはシャレにならない展開じゃないか？

7 冷静沈着

リリスがいない。

母親のリーナが気づいてから兵士やメイドたちまで必死に探しているが、周囲にいる様子はない。

もちろん建物には勝手に入ることはできないから、馬車の周囲にいないとなると来た道を戻っていったとしか考えられなかった。

「リリスどこなの⁉　出てきてお願い！」

「奥様！　お召し物が破れてしまいます！」

顔を青くしながら周囲の植え込みをかき分けるリーナを、メイドの一人が止める。兵士たちはすぐに門番のところへ踵を返す。

「そこのキミ、お嬢様が通らなかったか？」

「え？　すみません、手続きで対応しており後ろは見ておりませんでしたが……」

そりゃそうだ。馬車対応する門番は常に上を見上げている。小さな女の子が後ろを通っても視界に入らないだろう。

商人ギルドの敷地内にいないってことは、まず間違いなく街へ出たってことだろうけど……。

ガヤガヤと喧騒に溢れている街中は、女の子ひとり探すにはいささか騒がしすぎる。

うーん、こりゃ教会どころじゃないな。

俺は心の中でヴェルガナに謝りつつ荷馬車へと戻った。迷わず木箱の蓋を開けて、膝を抱えてブツブツつぶやいているポンコツ義兄に声をかける。

「ガウイ、リリスがいなくなった」

「なんだと！」

即座に立ち上がる単細胞シスコン。

「どういうことだモヤシ！」

「ちょっと目を離した隙にいなくなったみたいだ。こっそりお出かけ作戦は終わりにしよう」

「当然だ！　オレはリリスを探しに――うぇっ」

ガウイが箱の中から訓練用の木剣を取り出して、あてもなく走り出そうとしたのでその脇腹を掴む。

ぜい肉だるんだるんだな、もうちょっとシェイプアップしたほうがいいと思うぞ。

「なんだよモヤシ！」

「いま兵士たちが対応を決めてる。ガウイも助けになりたいんでしょ？　街に行った可能性が高いし人手が必要だろうから、みんなで協力して探したほうが効率が良い」

「お、おう」

俺はガウイを連れて、堂々とリーナたちのほうへと歩いていく。

周囲にはいないと結論付けた兵士たちが、捜索の役割分担を話し合っている。メイドとリーナは軽い口論をしているみたいだが、いまは冷静に対応しなければ。

「リリスの捜索、俺たちも手伝います」

「えっ！　ガウイ様に……ル、ルルク様!?」

外出禁止のはずの息子が平気な顔で話しかけてきたことで驚く兵士には悪いが、俺のことを問答している場合じゃない。帰ったらいくらでも怒られてやるから、いまはリリスだ。

兵士の手にある地図をちらりと見て、俺は尋ねる。

「捜索範囲は？」

「げ、現状は治安の悪い東街を優先して二人、中央へ一人、屋敷方面の西街へ一人と考えておりますが……」

「メイドさんたちは？」

「もし人攫いなどと遭遇した場合、被害を拡大しかねません。彼女たちは連絡役として中央広場にひとり、二人はここで奥様を見てて頂こうかと」

「わ、私も行くわよ！」

リーナが声を荒らげる。

兵士は困った顔をして首を振った。

「いえ……失礼ながら、奥様のお召し物では走れませんし、それに公爵家令嬢が行方不明だと知られれば、住民たちに不安を与えかねません」

「公爵家がなによ！　そんな見栄のためにリリスが危ない目にあったらどうするのよ！　ヒール

なんて脱げばいいんでしょ！」

「奥様、いい加減にしてください！　家名に傷をつける気ですか⁉」

　暴れようとするリーナをたしなめるメイドたち。

　娘を心配する気持ちはわかるし、俺以外のことで貴族社会の不自由さを直面したのは初めてだったので少し面食らったけど……うん、いまは言い争いしてる場合じゃないな。

「じゃあこうしてください。俺とガウイが屋敷方面の西側を。兵士の四人で中央と東街をお願いします。リーナさんはここで待機を」

「どうしてあなたが決めるのよ！」

「リーナ様！　ルルク様は一応第一夫人のご子息ですよ！」

「継承位がなによ！　あんな子どもに何がわかるっていうの！」

　荒れてるなぁ。

　まあそりゃそうだ。生意気な子どもだと思われてるだろう。

　確かに俺には前世含めて子どもはいなかった。でもなリーナさん、リリスのことが心配だっていうのは痛いほどわかるんだよ。

　親じゃないから共感できるはずない？　そんな押し付けられた偏見なんて知るか。あの子（リリス）はこの世界で俺のことを色眼鏡で見ずに、純粋にそばにいてくれる、たった一人の人間（いもうと）だ。

　彼女を心配する気持ちに上も下もあるもんかよ。

「リーナさん」

「なによ！」

「リリスは俺たちが責任をもって探してきます。ですから、ここで待っていてください」

「私に大人しく待ってろっていうの!?　私はあの子の母親よ！」

「母親だから、ですよ」

もし迷子になった子どもが泣きながら帰ってきて、そこに誰もいなかったらどう思う？

「リーナさんには一番大事な役割があるじゃないですか。娘を迎える母親の『おかえり』ほど、安心するものはないでしょう？」

「っ！　そ、それは……そうだけど」

「俺たちはリリスを探せます。でも、リリスが心から帰りたい場所はリーナさんだけなんです。だからお願いします。リリスのためにもここで待っていてください」

「……そうね。わかったわ。いえ、わかりましたルルク様。数々のご無礼をお許しください」

居住まいを正して頭を下げるリーナだった。

切り替えた後の変わり身は、さすが公爵夫人ってところか。

ひとまず憂いは取り除いた。メイドたちの視線に少し感動した熱量を感じたが、とりあえず無視して兵士に話しかける。

「では皆さん行きましょう。あっと、その前に注意点があれば教えてください」

「我々もひとり、ルルク様とガウイ様と共に参ります。ですがもし逸（はぐ）れた場合ですが、西街は比較的治安は良いですが人攫いには注意してください。いまのルルク様とガウイ様のお召し物であれば狙われることはないと思いますが、二次被害を防ぐためにもくれぐれも公爵家の一員と知られることだけは避けてください。もしリリス様を見つけたら屋敷に戻るか、中央広場か近いほうでお願いします」

「わかりました。じゃ、行くよガウイ」

「おう！」

俺とガウイ、兵士たちは門から飛び出して街を駆けていく。

初めての異世界の街だけど、じっくり観察する暇も感慨にふける余裕もなかった。

人探しは素人も当然だが、ひとつだけ思い当たる場所はある。まずはそっちからだな。

「リリスーっ！」

「リーリースーっ！」

俺とガウイは声をあげながら西街を歩く。

もちろんリリスを探すためだけど、それに加えて混んだ道を歩くときに大人たちに蹴飛ばされないようにするためでもある。小さな体って不便だよホント。

俺たちが探しているのは露店街だ。

馬車での移動中にリリスが食べたいとごねていたからな。まだ四歳だけどされど四歳。道を憶えてひとりで買いに行く、くらいの行動力はあるかもしれない。

声を張っているのは俺とガウイだけ。帯同していた兵士はいない。

ここに向かう道中でひったくりが発生したのだ。一緒にいた兵士が対応するか迷っていたが、さすがに目の前の事件を見逃すのは義に反する。結局、俺たちに大人しく待っていろと言って犯人を追って行ったが、俺とガウイがじっとしていられるはずもなかった。

後で怒られるだろうけど、どうせ俺には説教が待ってるはずだから何も問題はない。

そうして俺たちは二人きりになって、より声量を上げた。

ほとんどの通行人はチラリと見るだけで通り過ぎていくが、話しかけてくれる人もいた。

「どうしたボウズたち。迷子か？」

「あ、はい。妹が迷子なので捜してるんです。俺たちと同じ茶髪の子なんですけど、商人ギルドから抜け出してしまったんです」

「ん～このあたりでは見てないな。見かけたらギルドまで連れてってやるよ」

「ありがとうございます」

薬草がたっぷり入ったカゴを背負った商人風の男に、礼を言う。

他にも何人か、親切な住民たちが声をかけてくれた。俺たちは質素な恰好だし、公爵家パワーは使っていない。人攫いが当たり前にいるような異世界の街にも、善意の人間もけっこういるもんなんだな。

「どうするモヤシ。この辺じゃ誰も見かけてないみたいだぞ」

「うーん、当てが外れたか……よしガウイ、リリスの匂いを辿ってくれ！」

「そんなの無理に決まってて――待て！　リリスの声だ！」

「え、うそ？　どっち？」

「こっち！」

いきなり俺の手を取って走り出すガウイ。

ついに幻聴が聞こえてきたのかと思ったけど、手がかりのない現状ガウイに従うしかない。

ガウイは大通りから脇道にそれて路地裏に入る。大通りはそれなりに小綺麗だったけど、生活道路に入ればけっこう汚かった。汚水のニオイもするしゴミは散らかってる……まあ、海外旅行とかしたらわかるけど、観光地以外はどこもそんなものか。日本の路地裏が綺麗すぎるんだよな。

おっとそんなこと思い出してる場合じゃない――あ痛っ！

目の前でガウイが急停止したので、背中に鼻をぶつけた。

「いきなりどうしたんだよ」

「しっ！」

ガウイが角から路地を覗き込む。俺も下から覗く。

「やー！　やーあーっ！」

「暴れんな！　おい、口に布つめとけ！」

「へ、へい兄貴」

リリスだ。

手足を縄で縛られたリリスが、男に汚い布切れで口を塞がれていた。攫ったばかりなのか少し慌ただしい。

……人攫いか。

男の数は三人。全員小汚い恰好をしているけど、それなりに筋肉はついている。

こちとら子どもがふたりだけだ。力ずくでリリスを救出ってのはさすがに難しそうだけど、ここから応援を呼びに行って間に合うか？　いや、しかし……。

「ふぅ……やれる。オレ様ならやれる……」

「ガウイ⁉」

「お、おいてめぇら！　その子を放せ！」

自分に言い聞かせるように奮い立ったガウイが、木剣を握りしめて曲がり角から躍り出た。

俺も仕方なく姿を出す。

「あん？　なんだこのガキ」

「ん〜っ！」

ガウイの勇ましい姿は称賛に値するけど、男たちは片眉を動かしただけだった。

口を塞がれたリリスが、俺たちを見て涙目で暴れる。

「その子を放せって言ってるんだ！」

「……はあ、おいガキども騎士ゴッコは余所でやれよ。俺たちゃ忙しいからガキの遊びに構ってられねぇのよ」

「うるせぇ！　てめぇらなんかコテンパンにしてやる！」

「その玩具でか？」

「お、オモチャじゃねぇよ！　剣は剣だ！」

ガウイの虚勢を、人攫いたちは鼻で笑った。

「そうかそうか。立派な騎士なんだなガキ……でもわかってるよな？　武器を出してくるってことは、俺たちが武器を出しても文句は言えねえってことだよなぁ」

そう言って男が取り出したのは、小ぶりのナイフ。

小ぶりとは言っても、果物を切るようなチャチなものじゃない。小型の獣なら一発で殺せるくらいの大きさと鋭さはある。獲物を解体するために狩人が持ち運んでいるような、そんなナイフだ。

ガウイは騎士として訓練を受けている。武器は剣や槍しか教わってこなかったから、帯剣していない男たちを見て有利だと判断したのだろう。しかし相手は騎士ではなく犯罪者。武器は隠して持つものだ。

「ひっ」

刃物を見せつけられて、腰が引けたガウイ。

それは俺も同じだった。

剥き出しの刃を見て、内臓がせりあがるような恐怖を憶えた。足が勝手に震え出す。

治安の悪さも路地裏の危険度も、ほんの半日前までは考えもしなかったことだった。

忌み子と避けられて疎まれていても、公爵家という後ろ盾がある中で生活していては、まったく気づけなかった現実。それが悪意となって、突然目の前に振りかざされた。

日本で生きていたらおおよそ出会うことのない純然たる恐怖。命そのものの危機。

ガウイのことを笑うことなんてできなかった。抑えようにも勝手に震える両足。いくら鍛えてると言っても、俺たちのステータスじゃ大人には敵わない。

やっぱり応援を呼ぶべきか。

「んーっ！」

そのとき、リリスと目が合った。

涙をボロボロと流して男の腕の中で暴れるリリス。その喉にナイフを添えられて「黙れガキ」と脅されて、顔を恐怖の色に染めていて――

≫『冷静沈着』が発動しました。

視界に浮かんだのは、そんな文字だった。

それと同時にぐるぐると非効率に回っていた思考も、足の震えも、背中に浮かんだ冷や汗も、すべてがすぅっと消えていく。

その代わりに浮かんできたのは、かすかな怒り。

「……おい、人攫い」

自分でも経験したことのない、熱の籠った感情だった。

俺は腰が引けたガウイの手から、木剣をかすめ取った。いつも使っているものより少し大きいけど、振れないことはない。

冴えた頭が状況を分析する。

男たちの身長、体型、利き手、ナイフの刃渡り、厚さ、形状……分析して把握しろ。圧倒的なステータス差がある大人三人相手に、リリスを奪うためにはどうすればいいか考えろ。

そうだ。応援を呼ぶなんて判断は悪手も悪手。逃げられるだけだ。

他人に縋るな。自分でどうにかしろ。俺の中の熱い何かが、そう語り掛けてくる。

……俺は一度死んだ人間だ。

二度目の人生だから安全に過ごす？　やりたいことだけやって楽しく生きてやる？

違うだろ。二度目だからこそ欲張れよ。

なあ。おまえもそう思うよな、ルルク。

どうにもならない体に生まれ、ただ死ぬのを待つだけだった人生。

そんなクソみたいな未来を、妹にまで味わわせていいのか？

答えは否。そんなこと初めからわかりきっていた。

「その子は、返してもらう」

指切りげんまん……したもんな。

小指のぬくもりを思い出し、俺は不敵に笑った。

「やる気かガキ」

三人のうち、一番若そうな男が前に出てきた。

これ見よがしにナイフをちらつかせ、薄ら笑いを浮かべている。後ろの二人は俺に興味もなさそうで、リリスをどこに隠すか話し合っている。

正直、俺に勝機があるとしたらコレしかない。

針の穴を通すような小さな可能性だ。

「う、うわあああああっ」

俺はわざと大きな声をあげ、両手で木剣を引きずりながらドタドタと走った。

客観的に見て、男が警戒するのは木剣だけだろう。子どもの腕力じゃ殴っても大したダメージにはならない。スピードもパワーも圧倒的な差がある相手に、一対一（タイマン）で勝ちを捻じ込むなら一つしかチャンスはない。

油断という名の隙だ。

「わああっ！」

俺は間合いの数歩先で、木剣を大きく振り上げた。

小さな手からすっぽ抜ける木剣。ほぼ真上に飛んでいくその木剣を、男はつい見上げた。

その瞬間、俺は姿勢を低くして全力で男の足元めがけて駆けた。木剣が放物線の頂点に達する前に男の足元に飛び込む。

落ちてくる木剣が自分に当たらないことを確認した男は、ようやく視線を地面に戻した。もちろんそこに俺はいない。

「あれ？　あのガキどこに――」

「必殺！　ゴールデンバスター！」

腕力（パワー）？　敏捷性（スピード）？　身長や体重？

そんなものは正々堂々戦った場合のステータスだ。

子どもの身長はむしろこの場合、目線に男の急所（きんてき）がくるという絶好のポジションとなる。狙いを定めやすくて助かるぜ。

俺はハンマーを模して組んだ両手を、思い切り振り上げた。

「ハゥァッ⁉」

衝撃に腰が浮く男。

悪いな。同じ男だから同情はする。でも後悔はしていないし、そもそもこれで許すわけがないだろ。なにうちの妹泣かせてるんだコラァ！

「う、あ、おぉぅ……」

顔面蒼白にして前のめりの姿勢で痛みを堪えている男。その垂れた頭を、俺は木剣を拾い両手で思い切り振り上げて――

「せいっ！」

ヴェルガナブートキャンプの成果を発揮した。

後頭部を強打されて、男は白目を剥いて地面に倒れ伏す。

うう、さすがに手が痺れるな……。

でもまあ、これでまずは一人。

「ってメェこのクソガキ！」

話していた男のひとりが、状況に気づいて慌てて駆けてくる。

さすがに同じ手は通用しないだろう。騙し討ちは油断につけ込まなければ効果はない。ここからが本番だ。

たとえ捨て身でもかなり厳しいけど、リリスが見てるんだ。無様な真似はできない。

フゥ、と息を吐いて剣を構えた。

あと五歩でナイフの間合いだ。木剣のほうが剣身（リーチ）は長いが、手の長さを総合して相手のほうが間合いは広い。

ステータスでは大負けだろうけど、『冷静沈着』スキルが俺の背中を押してくれる。

それでも戦術は選ぶほど多くないので、やることは一つ。

間合いで不利ならこっちからも間合いを詰める——男の足元へ、俺は正面から飛び込んだ。

男はナイフを順手で持っているから真下へは刺しづらい。ならば前かがみになって刺すか逆手に持ち替えるしかないだろうが、わざわざ持ち替えるのは面倒だろう。とっさに前かがみになるだろうから、下がった顔を狙えば――

「クソガキこらぁ！」

「うげッ」

予想外。普通に蹴られた。

まるでサッカーボールみたいに腹を蹴り飛ばされた俺は、民家の壁に背中からぶつかって地面に落ちる。ヤバい、呼吸ができない。手足が痺れる。木剣も落としてしまった。

背中と腹がマジで痛い……でも立て、立たないと武器もないのに――

「調子にノンなよガキが」

落とした木剣を踏まれる。ミシミシと音を立てて軋む武器。

とっさに手を伸ばすが、届くはずもない。

男は俺の様子を見て鼻で笑うと、そのまま木剣を後ろに蹴り飛ばした。

俺の武器が離れていったことを確認した男が、余裕の笑みで振り返り――

「なっ、てめぇ!?」

「一輪挿し！」

隙ありだ！

やい人攫い二号、いつその木剣が俺の武器だと言った？　まあさっき言った気がしなくもないけど、俺が使える得物がそれだけだって誰が決めたんだ。そもそもその木剣はガウイのだし、おまえの足元に寝転がってる人攫い一号が持っていたナイフがどこに行ったか確認したか？　してないだろうな。それはいま、おまえの足に刺さってるぜ！

「いってぇええ！」

足の甲をナイフで貫いて、地面に縫い付けてやった。

骨を避ければ幼児の体重でも意外とできるもんだな。

男はとっさに足に刺さったナイフを抜こうとして——

「ふんっ！」

前かがみになったらお尻は誰が守るのでしょう？

答えは隙だらけでした！

俺の必殺技が再び股間に炸裂する。

「っっっ、ぁぅ」

ぷるぷる震えてしゃがみ込む二号。足を動かせないまま、その場で丸まって気絶した。

そのまま不能になったらゴメンナサイ……とでも言うと思ったか。リリスを無事に返してもらっても許してやるもんか！

「よし、あと一人」

「……てめぇ、ただのガキじゃねぇな」

さっき兄貴と呼ばれていた人攫い三号が、リリスを地面に放り捨てて俺を睨んだ。

おいこの野郎、リリスを乱暴に扱いやがって。

怒りで突撃しそうになった心を『冷静沈着』が鎮めてくれた。

とはいえ俺の手にはもう武器はないし、隠してもいない。正真正銘、無手でやり合わなければならないけど、人攫い三号は油断も隙もありゃしない。

もはや俺の有効打は金的だけだ。標的はアソコ……じっと睨みつける。

「クソガキ。一応聞くが、てめぇ俺の部下になる気はないか？　大人相手にそこまで立ち回れるガキなんてそうそういねぇ。コイツらが油断したのもあるが、てめぇの状況判断力がコイツらを上回ってたからこその結果だろう。いままでいろんなやつをみてきたが、正直言っててめぇは逸材だ。こんな裏路地で騎士ゴッコしてるよりもよっぽど刺激的な日常を過ごせるぜ。もちろん金だって手に入る。どうだ、悪い話じゃねぇだろ？」

勧誘された。

もちろん応じるわけがない。俺は少しでも可能性を上げるために挑発する。

「寝言ならママの腕の中で指吸って言えば？」

「そうか、交渉決裂ってこったな。残念――だ！」

「速っ⁉」

さっきの一号二号と明らかに速度が違った。

一瞬で間合いを詰められた俺は、なすすべもなく横に蹴り飛ばされる。

脇腹から鳴っちゃいけない音が鳴ったと思ったら、そのまま民家の壁に激突。さっきからごめん民家の人、わざとじゃないんだよ。

右半身を強烈に打ち付けてずるずると地面に落ちた俺に、痺れた感覚が戻ってくる。

激痛。

内臓に骨が刺さったのか、我慢できずに血と胃液を嘔吐してしまう。

「致命傷だ。てめぇはもう助からねぇ。大人を舐めすぎたな」

痛い痛い痛い！

壁にぶつかった右半身がひどく熱かった。耳も右側が聞こえなくなってる……それどころか、右側の感覚が消えていく。

俺の右半身、いまどうなってるんだ。たぶんトラックに激突されみたいに潰れてる気がする。

血で地面がびちゃびちゃだった。

死ぬのか俺は……ああ、そうか死ぬのか。

……でもせめて一矢。

一矢、報いたい。

「ぐ、ぞ……動、げ……」

「ふん。こっちも二人再起不能で文句も言いたいが……まあいい。コイツはもらってく」

「ん～！」

また男に抱えられたリリスが、俺に向かって手を伸ばしてきた。

近いのに、でも、遥かに遠いリリスとの距離。

……こんなにも、あっけなく終わるのか。

また大事な相手を守れなかった。

その痛みを、また繰り返すのか。

そんなことは許さない。許さないぞ七色楽（ルルク＝ムーテル）。

ここで全身が千切れてもいい。やがて訪れる死を待たなくていい。

動け。

あの男が油断しているのはいまだ。

ここで動かずいつ動くんだよ。これが作戦通りなんだろ？

なあ、そうだろ『冷静沈着』センパイ！


≫『数秘術７：自律調整（セーフティ）』が発動しました。

≫肉体機能を復元します。


「……え？」

視界に浮かんだのは、そんなスキル発動の通知。

身に覚えのないスキル。

これは隠しスキルか。『数秘術７』？　どういう意味だ。

訝しむ間もなく、俺は自分の体が修復されていくのを実感した。

妙な感覚だった。痛みも違和感もなく、壊れた部分が逆再生するように元に戻っていく。これが治癒スキルってやつか？　これがルルクの体を蘇生させた秘密ってやつか……え、嘘だろ。

もう完治してる？

いままで色々と怪我していたけど、こんな圧倒的な速度で怪我が治っていくなんてこと、もちろん初体験だった。あまりの変化に激しく動揺していたが……それどころじゃない。『冷静沈着』の世話になるまでもなく、俺の脳は澄んでいた。

油断。

それは仕方ないと思う。

まさか半身が潰れた子どもが、数十秒後にはその傷を完治してるなんて思うまい。俺自身そう思わなかったからこそ、三号は油断したんだろう。泡を吹いてピクピクしている一号と二号のことを、足先で蹴って起こそうとしていた。

その背後に俺は近づく。

気配を殺し、足音を忍ばせる技術は屋敷で培っている。

ガウイのイタズラに付き合ってヴェルガナの不意を突こうと必死だった。ヴェルガナは音に敏感で、空気の揺れやわずかな異変ですら察知する。まだ一度も成功してないけど、悪ガキの根性が続く限り、俺も一緒に挑み続けるだろう。

三号の背後に音もなく立った俺は、両手を組んで勢いよく急所めがけて振り上げて――

「なにっ⁉」

気づきやがった！

俺の腕は空振り、三号はまたもやリリスを投げ捨てて後ろに飛びのいた。とっさの一歩で二メートルほどの後退。凄まじい膂力だ。

「クソガキ！　てめぇ一体どうやって」

「俺は不死身だぁ！」

考えさせている時間はない。

どれだけ正面突破が難しかろうが、相手が動揺しているいましかチャンスはない。冷静になられた時点で勝つのは不可能になる。

奇襲すら対応されるのなら、面と向かって急所を潰す！

「気味悪いガキが、上等だ！」

「うおおおお！」

俺は突っ込んだ。蹴られようがナイフで刺されようが、どうされようが俺は急所を狙ってやるつもりだった。相討ち前提のカウンターしか狙わない！　ちょっとでも手が届けば握りつぶしてやる！

「衛兵さんこっちです！　こっちに人攫いが！」

「なっ！」

ガウイの叫び声が響いた。

焦った三号。背後から衛兵を呼ぶガウイを振り返り、突っ込んでくる俺をちらりと一瞥し、地面に投げたリリスを視線で追い――その迷いが決定的な隙となった。

俺はずっと三号の急所を狙っていた。最初から最後まで、ソコしか狙ってない。

それだけじっと見ていたら、三号も俺が急所しか狙わないことを悟るだろう。守るべきは急所。子どもの力でそれ以外をどうにかできるはずがないから。

だから、この展開は読めなかっただろう。

「跳んで下がったここに、コレがあるってのはな」

無手の俺の間合いを警戒していた男は、視線を迷わせたことで見逃したのだ。

俺が木剣を拾った瞬間を。

あとはわかるな。木剣の間合いは、男の蹴りよりも広い。

「うらああっ！」

かつて平安時代に名を馳せた屈強な僧兵も、ココは弱点だった。いやまあ相当鍛えてない限りは、全人類弱点だろうさ。なんせ守る肉がほとんどないんだから。

俺のフルスイングした木剣は、三号の脛(すね)を直撃した。

「んぐあっ！」

顔をしかめて後ろに下がった三号。痛そうに片足を押さえながら、俺を睨みつけてナイフの切っ先を向けてくる。さすがにコレだけで決定打になりはしないか。

「こんのぉ、クソガキが……許さねぇぞ、ああ許さねぇ。今度こそぶっ殺してやーーー」

「バックゲートブレイクぅぅ！」

「ハゥア⁉」

油断、そう油断だ。

さすがに痛みで余裕がなかったんだろう。こっそり後ろから近づいてくるガウイのことを気にも留めていなかった。

俺も隠密の練習をしているが、もちろんガウイだって同じだ。天敵ババアを倒すためなら、ポンコツ兄貴だってやるときゃやるのさ。

さっきはビビってただけだったけど、ちょっと見直したぜ。

「ど、どうだこの人攫い！　リリスを返しやがれ！」

「てんめぇ……それはナシだろぉ」

「――必殺」

「ひっ」

ケツを押さえ前かがみでガウイを睨みつける三号。その背後で、俺は腕を振り抜いた。

「ゴールデンバスターッ！」

「ぴぎゃぁ」

卑怯かもしれない。男として一番やってはいけない攻撃しか使わなかったのかもしれない。

正々堂々という騎士の理念からすれば、決して誉められたものじゃないだろう。

でも、そんなことどうだっていい。

リリスを助けられたのだから。

「うわああん！　ルルお兄ちゃ～ん！」

「よしよし。よく頑張ったなリリス。えらかったぞ」

口を塞いでいた布と手足のロープをほどいてやると、大泣きしながら抱き着いてきたリリス。

その背中をぽんぽんと叩いてあやしながら、俺はガウイを振り返った。

「そういえば衛兵は？　呼んだんじゃなかったの？」

「ありゃ嘘だ。モヤシが危ないと思ってついな」

「そっか。いい機転だったよ、ありがとう」

「……まあ、なんだ。無事で何よりだ」

そう言いながらプイっと視線を逸らしたガウイだった。

あれ？　もしかしてデレた？

「ガウイくん可愛いところあるじゃん」

「お、おめぇのことじゃねぇよ！　リリスのだよ！」

「男のツンデレは流行らないよ？」

そんなツンデレガウイもリリスの無事を確認してほっと息をついたら、すぐに嫉妬を隠さない表情で俺を睨んできた。

必殺技（バックゲートブレイク）を華麗に決めてくれたしせっかく見直そうと思ってたのに、俺の背中に回されたリリスの腕を物欲しそうに見つめてやがる。

褒め言葉を撤回したくなるから、そのねっとりとした視線やめろ。

「でもさすがに衛兵呼ばないと。いつまでも気絶してくれてると限らないし」

「おう。ちょっと呼んでくる」

ガウイが走って大通りに向かった。

胸の中で大泣きするリリスを撫でていると、なんか空が暗くなった。

とっさに見上げると、空に老婆がいた。

……空に老婆？

「あらよっと」

「うわっ」

親方！　空からお婆ちゃんが！

俺のすぐ横に着地したのは、残念ながら飛行石を持ったヒロインではなく飛行していたヴェルガナだった。一瞬誰かと思ったのは、メイド服やトレーニング用の服じゃなく、マントを羽織った冒険者風の出で立ちだったからだ。

「よし、無事だったみたいだねルルク坊ちゃん。リリス様は少し肘をすりむいてるね。すぐに戻って治療するよ」

「い、いまのなんですか？　空飛んでた？　色々人間越えてるなと思ってたけど、もしかして鳥類だったり？」

「バカ言いな。高速移動の魔術で屋根上を走ってきたんさね」

「……公爵家のメイドは空も走れるのか……」

「アタシはメイド長兼警備隊長さね。言っとくけど、ディグレイ坊よりも強いよ」

王国騎士団筆頭より強い老婆だって？　属性盛りすぎじゃね？

まあ強キャラなのは最初からわかってたからそこまで驚きはしないけど……高速移動の魔術か。うらやましい。

じゃなくて。

「それよりどうしてここに？」

「メイドがひとり戻って来てね。状況を聞いてすぐ出張ったってわけさね。人攫いなら複数人だろうし、ルルク様とガウイ様じゃさすがにまだ荷が重いと思ってたんだけど……やるじゃないか」

「まあ、ギリギリでしたけどね」

「無傷でギリギリとは説得力がないさね」

「そのことなんですけど……いえ、あとで話します。それよりあいつらの目が覚める前に拘束をお願いします。俺はリリスを見てますから」

「あいよ――『アイスロック』」

ヴェルガナが唱えた魔術は、人攫いたちの両手と両足、口元を氷の塊で拘束した。

かろうじて息はできるだろうが、めっちゃ冷たそうだ……って。

「あれ？　いま魔術の詠唱してました？　我はなんちゃらとか言いませんでした？」

「詠唱省略さね。腕のいい魔術士ならできるのさ」

「ほへぇ。ヴェルガナは魔術まで優秀なんですか……」

「師に恵まれたからねぇ」

そうこう言っていると、ガウイが衛兵を何人か連れて戻ってきた。

衛兵たちは状況を見るとすぐに男たちを縛り上げ、担いで連行していった。

ろくなやつらじゃなかったけど、三号……兄貴と呼ばれた男は一人だけ強さが違った。たぶん街のゴロツキ程度のやつじゃなかったんだろうな。

「逆恨みされなきゃいいけど」

「されたところでどうにもならんさね。公爵家に手を出して極刑を免れることはできないよ」

「え……誘拐未遂で、ですか？」

「そうさね。よりにもよって公爵家のお膝元で、だからねぇ」

うわぁ異世界怖い。言い方的に弁護士もつかないんだろうな。

まあでも自業自得だ。ちょっと可哀想な気もするけど、庇う気にはなれない。

「それよりリリスを連れてギルドに戻りましょう。リーナさんが待ってます。リリスもお母さんに会いたいよね？」

「うん……ママに会いたい」

「今度はアタシが護衛だから安心しな。ガウイ坊ちゃん、後ろの見張りは任せるよ」

「おう！　あ、ちょっとまって木剣拾って……あれ、曲がってる⁉　おいモヤシ、おまえオレの剣になにしてくれてんだよ！　こいつはオレが小さい頃から大事に使ってた相棒なんだぞ！　それを投げたり蹴ったり踏んだりしやがってからにぃ！」

ご立腹のガウイ。

俺は肩をすくめる。

「蹴ったのは人攫いだよ。俺は投げただけ」

「それはそうだけど！　だいたいおまえは生意気なんだ。最後だってオレがいなけりゃ殺されてたかもしれないんだぞ。もっとオレに感謝して敬えよな。そもそもおまえは兄の威厳ってものを気にしなさすぎなんだよ。貴族たるもの威厳は大事で――」

「ガウイお兄ちゃんうるさい」

「あっ、はい」

リリスに睨まれて大人しくなるガウイ。

兄の威厳はどこへやら……それでいいのかおまえ。

そんなこんなでヴェルガナに見守られ、俺たちは商人ギルドへ戻ったのだった。

□□□□□

「リリス！」

「ママ～っ！」

　感動の再会だ。

　リーナとメイドたちは商人ギルドの一室で待っていた。俺たちが部屋に入ると、すぐにリリスを抱きかかえるリーナ。リリスも今度こそ緊張がほぐれたみたいなので、泣き疲れるまでそっとしておこう。

「で、坊ちゃんたち、何があったのか教えてくれるさね。後で人攫いのやつらにも証言はとるけど、アンタたち側からの言葉も聞いておきたい」

「はい。まずは俺とガウイが露店街で聞き込みをしてたら――」

　と、あったことをなるべく客観的に話した。

　ガウイがリリスを見つけたこと。人攫いと戦闘になったこと。

　どうやって三人を倒したかも。

　もちろん、治癒のスキルのことも。

「……怪我が巻き戻った？　そりゃ本当さね？」

「オレも見たぜ！　モヤシが蹴り飛ばされて、マジで死ぬんじゃないかってくらい右半身が血だらけで骨もバキバキに折れてたのに、あっという間に治ったんだよな。おまえ力は弱いけどスキルは良いモノ持ってたのかよ……いいなぁ」

「ふうむ。本当みたいだねぇ」

何か考えるように唸るヴェルガガナ。喜ばしいというよりは、心配しているような顔つきだ。

「何か懸念することでもあるんですか？」

「……ちょっとばかり治癒の性能が高すぎると思ったさね。アタシが知ってる治癒系統の最高のスキルは『癒しの息吹』。治癒力を極限まで高めることができて、どんな大怪我でも十分ほどで完治する魔術系スキルさね」

「十分ですか……」

俺の場合はわずか数十秒だった。

でも魔術系の最高峰がそれなら、俺の治癒スキルは魔術系じゃないのでは？　そもそも俺は魔力がないから、魔術系スキルは持ってないはずだって聞いてるし。

「そういえばコモンスキルのときみたいに発動通知が出ましたよ。戦いの最中だったからうろ覚えですけど」

「そうかい。なんていうスキルだったか憶えてるかい？」

「たしか『数秘術7』……だったかと」

「本当かい⁉」

ヴェルガナが椅子を倒して立ち上がった。俺の肩を両手で掴んで揺さぶる。

「見間違いじゃないさね？」

「たぶんですけど」

「……よし、教会に行くさね」

「えっ」

　まさかヴェルガナがそう言うとは思わなかった。

　俺が教会で鑑定するのは、俺自身が勝手にやらないといけないコトだと思っていた。父親の言いつけを破ってやるんだ。いくらヴェルガナが強かろうと公爵家に雇われている身だから、手伝ってはくれないものだと思っていたし、現にいままではそういう態度だった。

「どんな風の吹きまわしですか？」

「坊ちゃん。この世には公爵家の規則よりも優先すべきときがあるのさね」

「……どういうときです？」

　そう聞いたときのヴェルガナの顔には、どこか童心に返ったような表情が浮かんでいた。

「そりゃ決まってる。好奇心に負けたときさね」


　鑑定術は聖属性魔術だ。

　聖属性というのは、火・水・風・土・雷・氷・聖・闇・光と現在確認されている九種類の魔術のなかでもっとも適性者が少ない属性らしい。

　他の魔術は自然に存在する属性因子なるものとの親和性によって適性が決まるらしいが、聖魔術だけは親和性は関係ない。

　じゃあ何が関係しているのか？

　それを研究している機関があるらしいが、いまだ聖魔術の適性条件は不明だという。

ただひとつ言えるのは、この世界を創った神々の力の一端を借りている、というものらしい。

ゆえに聖魔術を使える魔術士は、教会——聖キアヌス教会から報酬がもらえる代わりに、教会に様々な協力を求められるという。もちろん国民全員がキアヌス教に入信しているわけではないし、あくまで有志みたいだけど。

ちなみにキアヌス神はこの世界の創造神の一柱で、この大陸でもっとも信者が多い教会なんだとか。

「では血をこちらの器へ」

「あ、はい」

俺は清められた小さな針を指に刺し、そこから漏れた血を小さな皿にポタポタと落とした。その皿を見てたら、寿司屋に置いてある醤油皿を思い出してしまった。そういえば公爵家では肉は出るけど魚は滅多に出ない……というか出たことがない。米もそうだ。

久しぶりに寿司食べたいなぁ。

「ではこちらへ魔力を注いでください」

「あ、それは私が」

俺の隣にいるのはリーナだった。

彼女はさも当たり前のような顔をして、鑑定部屋に同席していた。

鑑定しに行くとヴェルガナが告げたときから俺の隣をずっとキープしてるんだけど、なぜだろう。リリスを探しに行く前に生意気なこと言いまくった気がするから、そのことを責めるために機をうかがってるのかもしれない。なんか視線が怖いし。

とにかく鑑定術そのものは聖魔術だ。この教会にはそもそも聖魔術を使える者がいないため、魔術器で代用していた。

魔術器であれば使用者の適性関係なく、魔力を注げば誰でも使用できるからね。定期的なメンテナンスは必要だろうけど。

俺の代わりにリーナが魔力を注いだのは、片方に皿を載せた天秤のような魔術器だった。もう片方には小さな針がついており、その針の先端は紙に触れている。

すると俺の血が皿から天秤に吸い上げられるようにして消え、針が動き出した。

紙に文字をなぞっていく。鮮やかな赤い文字だ……ひょっとして吸い上げた俺の血で書いてるのか。俺のステータスだから、俺の生体情報とかが必要なのかな？

しばらく待っていると針の動きは止まり、鑑定に対応してくれたシスターがその紙を置く。すぐに受け取ろうと手を伸ばした俺を、リーナがそっと止める。

あ、そうか手数料。

「こちらお布施です」

「敬虔（けいけん）なる信徒よ。神に感謝を」

「ラ・ヴィレ」

「ラ・ヴィレ」

頭を下げるリーナとシスター。

よくわからないけど俺も「ラ・ヴィレ」と言っておこう。どこかのサッカーチームみたいだ。

もう紙もらってもいいかな？　とソワソワしていると、リーナがにっこりと微笑んだ。お預けを食らってる犬みたいな反応だと自覚しているが、初の鑑定なんだし仕方ないだろう。もうステイは終わりでいいですか？　わんわん！

「ルルク様、どうぞ」

「ありがとうございます」

俺は紙を受け取ると、さっそく眺めようと広げ――

「戻ってからにしましょう」

「あ、はい」

まだステイだった！

まあ確かにここにはシスターさんもいるし、鑑定待ちの人たちも後ろにいる。待たせるのも悪いし、そもそも個人情報だからここで広げるのは色々と問題があるね。そうだよね、わかってる。俺は情報化社会に生きてたからリテラシーはあるよ。でもちょっとだけ、ちょっとだけなら見ていいかな？

「では逸れるといけませんから、お手を」

「え？」

リーナさん、教会ぜんぜん混雑してないですよ？　それどころか廊下も広々としてるから、転がって移動しても誰かにぶつかることもありませんよ？

「いや、手を繋ぐ必要は――」

「お手を」

「あ、はい」

子どもだから心配なんだろうか。まあ娘が攫われかけた直後だしな。

リーナに言われるがまま手を握り返す俺。

……待てよ。

そこでようやく気づいた。

リーナは確か二十一歳だったはず。この世界の成人年齢は十五歳だからべつに変なことじゃないんだけど、俺ってば肉体は五歳だけど精神年齢は十八歳だ。親類とはいえ二十一歳の女性と手を繋いで歩くって、なんかヤバくないか？

肉体基準なら問題ないかもしれないが、精神判定だとギリアウトなのでは？

ちょっとこの状況に対してどう受け止めていいのかわからない！

どことなく拗れた環境に苦悶しながら歩く俺だったが、幸いなことに手繋ぎタイムはすぐに終わった。

公爵家一行に用意された控室に着いたからね。

「おお、鑑定結果が来たさね」

「はやく見せろよモヤシ！」

ちなみに、ここにいるのは俺とリーナ、ヴェルガナ、ガウイ、あとは泣き疲れて寝てしまったリリスとその面倒を見ているメイドひとりだけだ。兵士や他のメイドたちは外で待機している。好奇心に負けたヴェルガナにも体裁があるからね。一応、鑑定じゃなくて礼拝に来ている体なのだ。ラ・ヴィレラ・ヴィレ。

俺がテーブルに紙を広げ、みんなで覗き込む。

【名前】ルルク＝ムーテル
【種族】ヒト種・人族
【レベル】1
【体力】118（＋0）
【魔力】0（＋0）
【筋力】89（＋0）
【耐久】90（＋0）
【敏捷】132（＋0）
【知力】120（＋0）
【幸運】101

【理術練度】２７０
【魔術練度】０
【神秘術練度】１０３４

【所持スキル】
《自動型(パッシブ)》
『冷静沈着』
『数秘術７・自律調整(セーフティ)』

「やはり間違いないさね。こりゃまた、なんとも因果なものかねぇ……」

「神秘術練度１０３４だと⁉　おいモヤシ、どういうことだよ！」

いやちょっとまって。

俺のレベルが初期値なのは、そりゃレベル上げなんかしてないから当然だろう。加算ステータスっていうのが＋０なのも理解できる。

それよりも、だ。

「理術に魔術に……神秘術、か」

いままで神秘術の話は現実で聞いたことがなかったから、この世界のベストセラー小説でもある『三人の賢者と世界樹』の話は、てっきり創作かと思っていた。

理術は科学、魔術は見たまま魔術。

なら神秘術は……？

「神秘術。いまや使える者がほとんどいなくなった、珍しい技術さね」

ヴェルガナがどこか嬉しそうに、ソファにもたれかかりながら話す。

「坊ちゃん、『三賢者』の物語は読んだね？」

「はい。とても面白かったです」

「そこに出てきた登場人物で、神秘術の賢者の師匠の話は憶えてるかい？」

「ええまあ。〝神秘王〟って呼ばれてるひとですよね」

常に黒いローブを身に纏っている、不老不死の存在。

神秘術という謎の技術をかつて賢者に教えた、あてもなく放浪している作中最強キャラだ。物語の後半でもときどき出てきて、いつも困っている賢者一行を助けて去って行く。

「……もしかして神秘術が実在するってことは、まさか賢者たちも実在してたり？」

「もちろんさね。賢者はもとより、神秘王も実在してる。彼女は神秘術の頂点に立っている王位存在……いまも生きてどこかにいるよ」

「いやいや、三賢者の話っていまから八百年前の時代の話ですよね？」

「そうさね。だからこその不老不死さ」

「そりゃそうでしょうけど」

八百年前ですでに不老不死。

もちろん作中には魔術の王――〝魔王〟と、理術の王――〝理王〟も出てきた。

けど、彼らは普通にピンチになったり戦いで死んだりしてたから、どんな戦いでも無傷だった神秘王だけ、ちょっと強キャラすぎた印象だ。

まあそのぶん、最後の戦いにはまったく出てこなかったけど。

「ルルク坊ちゃん、そのことを念頭に入れて聞くんだよ。ルルク坊ちゃんのスキル『数秘術7』は、間違いなく神秘術系のスキルさね」

「神秘術のスキル……自覚はないけど使えるんですね」

「練度さえあれば無意識にも使えるさね。それより大事なのは、その『数秘術7』のことだね。アタシはいままでたくさんの人を見てきたけど、そもそも神秘術を使える人は研究者以外にほとんど見たことはない。ましてや『数秘術』なんてスキルはさらに少ない。アタシの知る限り、それを持っているのはたった一人……」

言葉を溜めるヴェルガナ。

まさか。

いきなりのことでまだ心の準備ができていないが、俺のオタク魂が早く教えてと叫んでいる。

だって物語に出てくる重要人物が実在してるんだぜ？

興奮するなって言うほうがムチャじゃないか！

「その人物とはいかに！」

「神秘王さね。『数秘術』は彼女を不老不死たらしめているスキルだって聞いたねぇ。この世に数あるスキルのなかでも最高峰のスキル……それが『数秘術』だ。もちろん神秘王のスキルはルルク坊ちゃんとはまた違う効果の『数秘術』だろうけど、話を聞く限りはアンタのソレも、とんでもない性能してるからねぇ」

最高峰のスキル『数秘術』か。

素直に嬉しかった。こんな俺でも、物語のキャラに少しでも近づけた気がする。

いままで家族からは疎まれ、ろくな力もない体で生きることを義務付けられていた二度目の人生。

少しばかり、希望が見えた気がした。

ま、だからといってモヤシっ子の俺には宝の持ち腐れ感ハンパないけどね。

俺が喜んだり自虐したりしてると、ヴェルガナが遠い目をしてぼそりと言った。

「……あのひとは、いまどこで何をしてるんだろうねぇ」

□ □ □ □ □

「ルルク様、本当にありがとうございました」

屋敷に戻ってくると、開口一番リーナが頭を下げた。

結局リーナたちの買い物はできなかった。無断外出の件は一年後に報告を受けるディグレイにたっぷり絞られるだろうけど、それよりリリスの窮地を救えたことが何よりの結果だろう。

　リーナにとってもそれは同じだったようで、馬車から降りて屋敷の中に入るなり、俺の手を握って熱の籠った視線を幼い俺に向けてきたのだった。

「私は、いままで愚かでした」

「あの……リーナさん？」

「旦那様の顔色ばかりうかがって、ルルク様のことを避けておりました。リリスが書斎のルルク様に会いにゆくことも引き留めておりました。屋敷内で顔を合わせても言葉もかけず、正直、無礼な態度だったと思います。それなのにルルク様はリリスのことを決死の覚悟で守ってくださいました。本当に……本当になんとお詫びしていいかわかりません。ルルク様のご慈悲と勇敢な心に、私は感銘を受けました」

「えっと、リーナさん？」

「ゆえに私は……いいえ、私と娘は、旦那様になんと言われようとこれからルルク様にお仕えします」

　いや、いきなりすぎて話についていけないんですが。

　仕えるっていっても同じ公爵家の家族ですよね？

　俺がそう言うと、リーナは首を振った。

「先代領主様の遺言により、この家を継げるのは第一夫人のご子息御三方だけです。第一夫人のご子息であるルルク様と、第三夫人の私や娘のリリスでは立場が違います。リリスはいずれ公爵家に見合った貴族様に娶られるための、いわば政治の道具でございます。旦那様が私を娶って女児を産ませたのはそういう政治的手段を作るためでした」

「え、本当です？　そこに愛はないん……コホン、そこに愛はあるんか？」

「結婚に愛ですか……万が一あったとしても、私たちが道具として扱われることは確かです。ルルク様はその道具を使う立場でございます。ルルク様は忌み子という重荷を背負ってなお、それ以上の力と勇気を示してくださいました。これからは一人の母親として、私リーナ＝ムーテルはルルク様に忠義を捧げます」

忠義とな。

リリスの母親とはいえ小柄な美人にそう言われると、なんだか嬉し恥ずかしい気分だぜ。

とはいえ妹の母親をはべらせるような趣味はないので、丁重に断っておく。

「リリスを助けたのは、俺がやりたくてやったことですよ。リーナさんが恩義を感じる必要はないのでこれからは気軽に接してください」

「そういうわけには」

「それにリリスは妹ですしね。忠義とか仕えるとかじゃなくて、妹には妹らしくして欲しいんです。リーナさんにも母親らしく、ね」

「……母親ですか？」

「はい。それでだめでしょうか」

そう言うとリーナは言葉の意味を深読みしたのか、ぽんと手を打って。

「かしこまりました。ルルク様……いえ、坊や」

「ふわっ⁉」

いきなり抱きしめられたんだけど！

奥さんダメです！　ダメですってば！　こんなことしたらいけません！　あなたには旦那がいるんでしょう！　まあ俺の父親なんですけどね！

というかめっちゃ柔らかい……いい匂いもする。俺に理性がなけりゃ迷わず抱き返してたね。

「ルルク様は母親というものを知りませんでしたね。わかりました、私がルルク様の母親になります。思う存分甘えてもいいのですよ」

「え？　いや、そうじゃな――」

「可愛い可愛い私の坊や。あなたは本当に素晴らしい息子です」

「いやだから――」

五歳児の腕力では抜け出すこともできずに、なすがままに抱きしめられていた。

心はまだまだ思春期なのだ。

恥ずかしすぎて気が狂いそうだった。


「ちょいとこっちにおいで、ルルク坊ちゃん」

ひとしきり俺を愛でて満足したのか、鼻歌まじりに玄関ロビーから去っていったリーナ。

いやほんと大変な目に遭ったよ。リーナさんって呼んでもなかなか離してくれなかったから、様々な葛藤のすえに母上と呼んでようやく解放されたのだ。ああまだ顔が火照ってるぜ。

ヴェルガナは「ついておいで」と言いながら、クールダウン中の俺を無理やり引きずっていく。そのままヴェルガナの私室へ連行された。

部屋に入ったヴェルガナは、小さな書棚から一冊の本を抜き取って俺に投げてきた。古くて薄い本だった。薄い本っていっても肌色の多い画集ではないぞ？　表紙は文字だけだった。

その本はしばらく触れてなかったのか埃を被っていた。俺は窓のそばで埃を払ってから、出てきた表題を読み上げる。

「『神秘術の心得』……これって？」

「入門書さね。アタシが子どもの頃に買ってもらったものだから、文字も掠れてるかもしれないけどねぇ」

「そんな思い出の品をいいんですか？　というか、ヴェルガナも神秘術を？」

「アタシはわずかに素質はあったけど、残念ながら習得するほどじゃなかったさね。ルルク坊ちゃん、アンタならモノにできるだろうさ。それに本ってのは読まれてこそ価値がある。書棚に眠ってるよりはいい使い道さ」

「そうでしたか。ありがとうございます」

「神秘術は最初が関門だからね。アタシもそこで躓いて諦めたクチさ。……夕飯までは時間もあるからちょうどいい、助言してやるからここで読んでみな」

ヴェルガナが椅子に座りながら薄い笑みを浮かべる。なんか悪だくみをするような表情な気がするけど……ま、いいか。どうせ俺の部屋に戻っても明かりがつけられないからそのうち読めなくなる。ここなら食事時まで読み放題だ。

俺は勧められるがまま、本を開いて読み始めた。

本の冒頭には、神秘術とは何か、ということが書かれていた。

簡単に説明すると、神秘術とはこの世界に満ちている三大要素のひとつ『霊素』を用いて使用する技術だ。

ちなみに他のふたつは『元素』と『魔素』で元素は理術、魔素は魔術に使用される。

この三つを三大技術と呼び、神秘術はかつて理術と魔術に並ぶほどの扱いを受けていたんだという。

しかし魔術の普及にともなって神秘術の流行は下火になり、習得の困難さも相まって使える者がどんどん減っていった。現在（おそらくヴェルガナの子ども時代）、神秘術士は世界の人口比率でわずかに０・００１％……つまり十万人にひとりしかいないと統計が取られている。

たしかこの街の人口が約一万人だから、まあこの街にはいないんだろうな。

そもそも神秘術が廃れた背景には、魔術の利便性が関係あるらしい。

魔術は魔力さえあれば自分に適した属性をすぐに使えるようになる。そのうえ詠唱と想像力（イメージ）であらゆる状況に対して出力をコントロールできてしまう。

例えば火魔術であれば薪に火をつけるのはもちろん、冷水を温水に変えたり、室温をコントロールしたりなど、効果効能が一定ではなく調整できるから、魔術はあらゆる状況に対応して普及していった。

対して神秘術は、魔術のように属性を持たない。神秘術にできることは大まかに分類して三つ――『召喚』『情報の書き換え』『具象化』だけ。属性情報を組み込むことができないため、日常生活ではほとんど役に立たないという研究者向きの技術だった。

それゆえ使用人口が減りはすれども増えることはなかったという。

しかしそんな神秘術にも、魔術にはない大きな利点がある。

それが霊素を使うという手法そのものだ。

魔術は前提条件として、体内で魔素を魔力に変換しなければならず、魔術には魔力を消費する。つまり体内の魔力量によって使える魔術や回数が変化する。しかも魔力切れが起こると魔素毒がうまく排出できなくなり、行動に支障が出るというデメリットがある。

しかし神秘術は、霊素をそのまま利用する。

霊素は大気中に満ちているため、魔力のようにガス欠になることがない。霊素操作さえ間違わなければ制限なく使用できるうえに、魔術と違って一度でも憶えた神秘術はすべてスキルとして発動できるため詠唱の手間がいらない。ようはノーリスクで使いたい放題なのだ。

もっとも〝スキル〟という存在自体が術式の効能を固定化したものだから、魔術のような器用な使用法はできず、あとは使用者の工夫にゆだねられるというデメリットはあるけれど。

「ふむふむ……ようは玩具遊びに例えたら、魔術は粘土みたいに形を変えて使えるけど、神秘術はレゴブロックみたいにあるものを積んで使うだけって感じかな」

なんとなくそんなイメージを受けた。

とにかく大事なのは、神秘術をどうやって使うかだ。

霊素はどうやら魔素と同じでそこら中にあるものらしいが……。

「えっと『まずは霊素を視認できることが神秘術習得の第一歩です』か。そりゃそうだよな。魔力みたいに変換せずに操作するっていうんなら視えないとな……で、その方法は次のページかな？」

ぺらり、とめくる俺。

そこに書いてあったのは『次に、霊素が視えるようになった場合、その操作方法ですが――』という文字。

……あれ？

ページ飛ばしたかな？

そう思って何度かめくってみるけど、その間には何もなかった。

「ヴェルガナ！　これ不良品ですよ！」

「ハハハ、そこが難関なのさ」

笑ってやがる。

もしかしてアレか。霊素を視認するには完全に自力でやらないとダメなのか。

「アタシは三年修行してダメだった。だから魔術だけ学んだのさ」

「三年？　そんな時間かかるものなんですか？」

「お師様いわく、ふつうで二年、早い人でも一年くらいはかかるらしいさね。そもそも霊素の性質上、もともと人間が感知できるようなものじゃないらしいからねぇ」

「うぐぐ……そりゃ廃れるわ」

せっかく見つけた俺の才能がぁ。

二年どころか一ヶ月も続くか怪しいぞ。俺、自分の趣味以外は基本飽き性だからなあ。

俺は眉をハの字にして一応聞いておく。

「ちなみに、修行ってどうしたんですか？」

「ひたすら瞑想さね。霊素ってやつは世界樹の根――霊脈から漏れているからね。その霊脈を感じ取れるようになるほうが、霊素を視るよりも簡単だってお師様が言ってたからねぇ」

「……え、世界樹？　ソレも実在してたんですか？」

「そりゃそうさね。というかルルク坊ちゃん、アンタ『三賢者』の物語は最後まで読んだんじゃなかったのかいね？」

さも当たり前のように首をひねるヴェルガナ。

「もしかして三賢者の話って、本当に全部ノンフィクション？」

「多少は誇張されてるかもしれないけど、ほとんど実話だろうねぇ」

「まじですか」

さすが異世界。ドラゴンや災害級の魔物と戦った話も実話だったとは。

……よし、あとでしっかり読み直そう。というか三賢者が実話だったら勇者の話とかも実話なのでは？　ってことは地球では当たり前の【※この話はフィクションであり実在の～】を当てはめて考えるのはＮＧってことか。さすがファンタジー世界。

そりゃ賢者たちも苦労するよな。

って、それはいまはどうでもいい。

いまは霊素を感じ取るのが最重要だ。

「霊脈かぁ」

「ルルク坊ちゃんは神秘術練度が最初から１０００を超えてるからね。ひょっとしたら半年もしないうちにできるようになるかもしれないねぇ」

そう言いつつも、あのニヤケ顔は本気で思ってない顔だ。

くそ、なんだかんだヴェルガナはケツ叩いて走らせる鬼教官だな……俺が苦しむ姿を楽しんでやがる。ちょっとガウイの気持ちが理解できる気がするぜ。

とはいえ、やらない選択肢はない。とりあえずモノは試しだ。

俺は座禅を組んで、目を閉じてみる。

集中、集中……。

「……」

真っ暗な視界に浮かんだのは、寿司、カレー、オムライス……ああくそ。腹減ってるときにやるもんじゃないなこれ。こっちの世界で食べられない風景が浮かんできやがる。いずれ自由になったら米を探す旅に出たい。

鎮まれマイ食欲。

でも確かに瞑想はいい手段だ。べつに霊素を探るためってわけでもなく、普段から余計なことを考えてる頭が冷静になっていく気がする。

え、全然なってないって？　いやいや、いまの思考は無駄なものじゃない。雑念をそぎ落とした先にあるのが、俺の本来のあるがままの姿だ。

　ほらみてみろ、あそこに浮かんでいるのは真っ白な俺……ただただ純粋に、書斎で本を広げてねそべる堕落した俺。

「くっ、煩悩退散！」

いかん。瞑想が難しすぎる。

いや違う違う。そもそもこの瞑想は無心になるためのものじゃなくて、霊素を感じ取るためのものなんだろ？　なら煩悩があろうがなかろうが関係ない。余計なものをそぎ落とすっていうんなら、むしろ大事なのは情報の取捨選択だ。

　ヴェルガナの師匠が瞑想で感じ取れって言ったってことは、そもそも霊素は操作のために視認する必要はあるけど視覚に頼る必要はないってことだ。

　つまり、だ。

「……ヴェルガナ、耳栓ってありますか？」

「耳栓？　何に使うのさね」

「そりゃ耳を塞ぐんです」

「……何を考えてるのか知らないけど、貸してやるさね」

「あざます」

なぜ瞑想なのか。

そりゃ、目を閉じるためだろう。どこかで聞いた話、人間は情報の取得にもっとも視覚を使ってるという。たしかその割合は八割そこそこ。ということは、邪魔な情報がそれだけ入ってくるってことだ。ゆえに瞑想が必要。

では次は？　そりゃ聴覚だろう。次は触覚、嗅覚、味覚だけど……じっとしてるし部屋はほぼ無臭だから問題ない。

耳を塞げば俺は暗闇の世界に一人だ。

じゃあ、ここで問題だ。

素質があれば感じ取れる霊素とやら。この世界には元素、魔素、霊素が満ちているらしいが……俺は魔素を感じ取ることはできない体質だ。そして地球には元素はあっても魔素や霊素はなかっただろう。あったとしても感じたことはない。

なら、やることは簡単だ。俺は自ら霊素を探し出す必要はないはずだ。形状も正体も不明なものに手を伸ばして、それでつかみ取るなんてのはプールに垂らした醤油を掬い上げるようなもんだろう。そりゃ途方もなく時間がかかる。

だから、俺がやるのは発想の逆転だ。

細く絞った感覚のなかから前世になかった違和感を探せ。

おそらく、その違和感の正体が霊素だ。

ここで使うのは加算ではなく減算だ。俺の認識上に霊素を足すのではなく、現世（いま）から前世（かこ）を引いて残ったものが霊素なのだ。

集中――……

光も音もなく、闇に飲み込まれたような幻覚。

そこに来て感じるかすかな匂い。これはヴェルガナの匂い、こっちは木材と布の匂い。

座る床の感触。肌に触れる空気の流れ。

衣服の重み、そして――

……何かが肌に触れた。

そんな気がした。

なんだろう。感情のようなざわめきが俺の体を撫でる。それはほんの小さなものだった。いままで感じたことのない、弾けたり、くっついたり、離れたり……ほんの幼子のような素直な感情表現に似た何かがそこにあった。言葉のない何かが笑ったり怒ったり泣いたりして、俺を試すように語り掛けてくる。

――遊ぼう――

――ねえ、遊ぼう――

そんな風に近づいては離れていく存在を、意識すればするほど明確に感じ取り。

俺は迷わず目を開いた。

「……おお、視えた……」

不思議な気分だった。

さっきまではまったく見えなかった、キラキラと輝く光のカケラたちがそこら中に舞っていた。

いや、物理現象としての光ではない……ただそう見えるってだけのものだ。

それらは子どものようにあらゆるところを飛び回っていた。気にしなければ気にならないし、見ようと思えばハッキリと認識できる。というか物理的な光じゃないから目を閉じても視える。

ナニコレ、スゴイ。

「これが霊素か……綺麗だなぁ。触れるし」

確かに言葉にはしづらい感覚だ。

見えるはずのないものが視える。手に触れれば、重みはないけれど無邪気にくっついてくる子ども――まるでリリスみたいだ。細かな粒子のソレを指先でなぞると、なぜか列をなしてついてくる。

ははは、面白いな。小さい頃、近所の子ども科学館で磁砂をくっつけて遊んだときの感覚に近いかも。

「……まさか、本当に視えたのかい？」

「はい。これが霊素ってやつなんですね」

重力に影響されない霊素たちを空中に並べて遊んでいると、ヴェルガナは大きくため息をついた。

「アタシが三年かかってダメだったってのに、ルルク坊ちゃんは数分でとはね……」

「あれ〜？　さっきまでの煽り顔はどうしたんですか〜？」

「まったく、うちの悪ガキどもはいい性格してるさね」

とりあえず、さっきの意趣返しをしておいた。

大人げないとは言わないでくれよ、俺はまだ子どもだ。

「でもまあ、ありがとうございます、ヴェルガナ。おかげで第一関門クリアです」

「礼はいらないさね。それよりご褒美をあげないとねぇ」

「ほんとですか⁉　なにくれるんですか！　お小遣いとかですかね！」

「明日の訓練にメニュー追加で」

「ジーザスッ！」

この鬼教官め！

仕返しの仕返しと言わんばかりにニヤニヤ笑うヴェルガナは、それから翌日の訓練が終わるまで上機嫌だった。

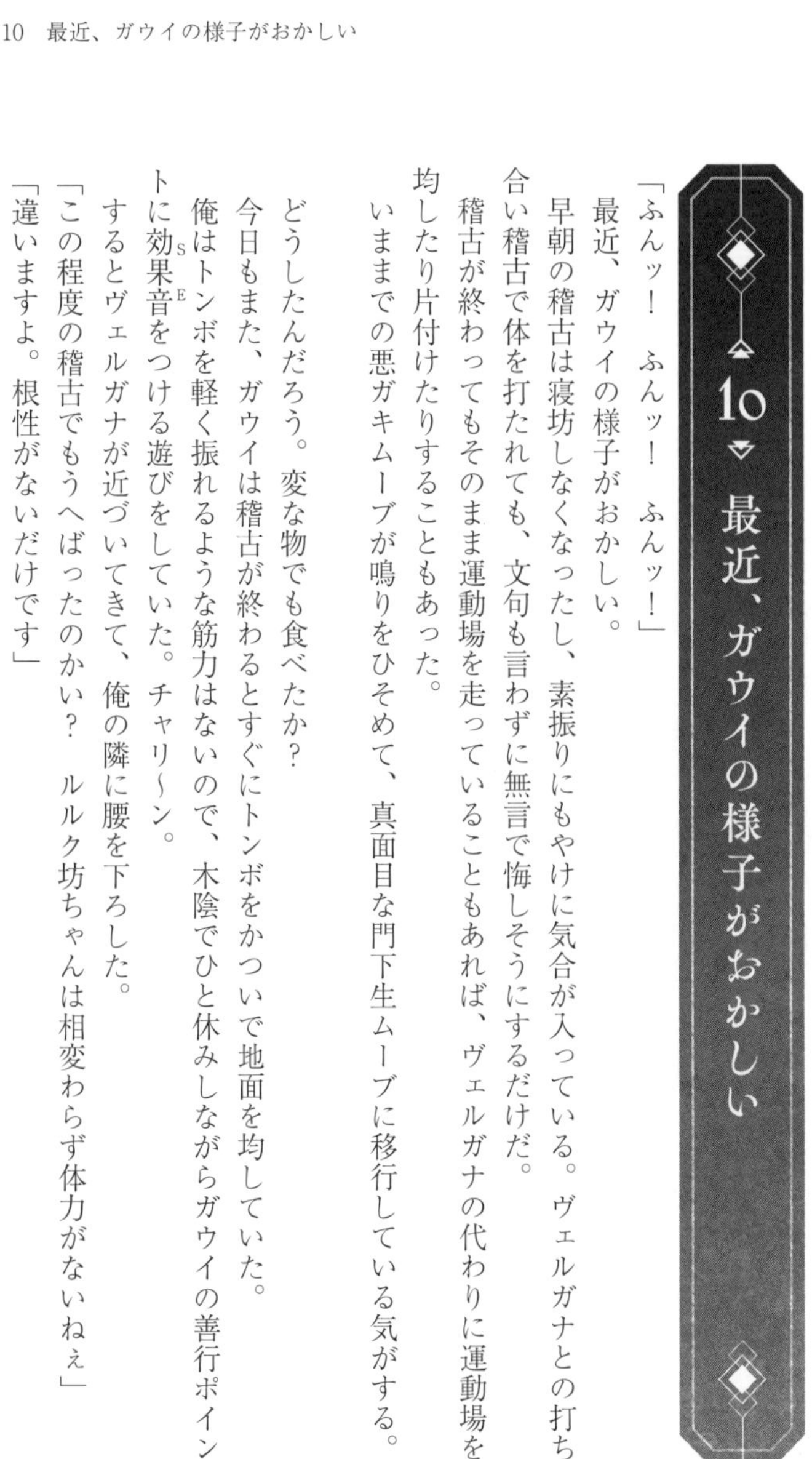

10　最近、ガウイの様子がおかしい

「ふんッ！　ふんッ！　ふんッ！」

最近、ガウイの様子がおかしい。

早朝の稽古は寝坊しなくなったし、素振りにもやけに気合が入っている。ヴェルガナとの打ち合い稽古で体を打たれても、文句も言わずに無言で悔しそうにするだけだ。

稽古が終わってもそのまま運動場を走っていることもあれば、ヴェルガナの代わりに運動場を均したり片付けたりすることもあった。

いままでの悪ガキムーブが鳴りをひそめて、真面目な門下生ムーブに移行している気がする。

どうしたんだろう。変な物でも食べたか？

今日もまた、ガウイは稽古が終わるとすぐにトンボをかついで地面を均していた。

俺はトンボを軽く振れるような筋力はないので、木陰でひと休みしながらガウイの善行ポイントに効果音(SE)をつける遊びをしていた。チャリ～ン。

するとヴェルガナが近づいてきて、俺の隣に腰を下ろした。

「この程度の稽古でもうへばったのかい？　ルルク坊ちゃんは相変わらず体力がないねぇ」

「違いますよ。根性がないだけです」

「自慢げに言うことかいね」

「モヤシなんで育ちすぎるとヘタレるんですよ」

「アンタは育つ前からヘタレてるよ」

反論できねえ。

そんな冗談を飛ばしつつも、じつは霊素の操作練習を片手間でおこなっていた。指先一本でできるのはいいね。ヴェルガナブートキャンプも乳酸の溜まらない訓練にならないものか……まあムリだな。もしできたとしても絶対にそうはならないだろう。

だってヴェルガナが俺の苦しむ顔を見れなくなるから。

「それでヴェルガナ、アレはどうしちゃったんですか？　八歳になったから、ついに大人の階段でも登ったんですかね？」

先日誕生日を迎えたガウイ。ジリジリと照り付ける太陽に汗を垂らしながらも、一心不乱にグラウンド整備を続ける夏の男……うん、まったく似合ってない。やはり食あたりでもしたのかな。

「先月の件に思うところでもあったんだろうさ。そっとしてやんな」

「誘拐未遂のことですか？」

「そうさね。弟のアンタが大立ち回りしたのを一番近くで見てたんだからねぇ」

「ははーん。なるほど」

謎はすべて解けた。

眠りの名探偵よりも頭脳明晰（めいせき）な俺は、ガウイの魂胆をすぐに察した。

「さてはガウイ、リリスにカッコいいところ見せられなかったのが相当悔しかったんだな。次こそ好感度を上げるために善行を積んで真面目にアピールしてる、と。そこまでリリスに好かれたいのか。なんというシスコンなんだ、そこまでいくと尊敬するぜ」

「……はあ。アンタたちゃっぱり兄弟さね」

　そりゃあ血は繋がってますから……え、違う？

「おいババア！　終わったから魔術教えろ！」

　整備が終わったガウイは、なぜか俺を睨みながらそう言った。

　ヴェルガナはため息ひとつ。やれやれと言わんばかりに腰を上げた。

「それがひとにモノを頼む態度かいね」

「教えやがれくださいクソババア！」

「いいだろう。たっぷり、じっくりと体に教えてやるさねぇ」

　ノリノリじゃねぇか。

　ポンコツ兄貴とドS老婆が魔術の練習（という名のガウイの処刑）をしているあいだ、俺も黙々と霊素操作の反復練習。これがまた難しくて、勝手に指についてくるから配列を調整するのが難しいこと難しいこと。

　意識して霊素を留めるまでひたすら練習あるのみって感じだ。

　しばらくするとガウイの魔力が切れたのか、地面に膝をついて汗を滝のように流していた。

　この暑さでよくやるなぁ。まだ朝なのにどんどん気温が上がってる。これだから夏はキライだ。

ガウイもさすがに脱水症状になるんじゃないか。ヴェルガナは涼しい顔でニヤニヤしてるだけだし……まったく、世話の焼ける兄だ。

俺は木陰に置いていたガウイの水筒を投げてやる。

お、ケツに命中した。こっち向いて睨んでやらぁ。

よし、俺もそろそろ屋敷に戻ろう。朝食の時間がくる前に汗を拭いておきたいしな。

裏口から屋敷に入ると、後ろから走ってくる足音。

振り向いたらちょうどガウイが通り過ぎるところで――

「クソモヤシが」

「うわっ」

頭から水をかけられた。

さすがに冷たいってほどではなかったけど、上半身を流れていく水はふつうに不快だ。あの悪ガキめ恩を仇で返しやがって。

俺がやり返そうにもガウイはすでに廊下を走っている。追いかけてやろうか悩んでいたら、ちょうど床掃除してたメイド少女のスカートをガウイが思い切りめくった。

「あひゃっ――ふべっ」

メイド少女は叫びながらお尻を押さえようとして、置いてあったバケツの水をぶちまけて転倒。

頭をバケツに突っ込んで倒れるという百点満点の姿勢だった。オリンピックなら金メダルだ。

おいおいガウイくんよ、善行ポイントが一気に消えたぞ。俺に水ぶちまけてうら若き乙女のスカートをめくるとか、やってはならない大罪じゃなかろうか。

本来ならブチギレて追いかけまわしてもいいくらいのカルマっぷりだけど……まあ俺は心が広いから許してやろうではないか。

よく考えたら、ガウイも日ごろから鬱憤が溜まってるんだろう。愛する妹に見向きもされず、ヴェルガナからはボコボコにされる毎日。そう考えたら多少のオイタは大目に見てやろうと思えるな。

そう、これは俺の心が広いから許してやるのだ。決していまここから見える景色(パンツ)が絶景だからというわけではない。

「……ピンクか」

ガウイもたまにはナイスなことをするじゃないか。

「はわわわっ！　頭が！　頭が抜けないですぅ！」

……うん。珍百景も堪能したし、そろそろ助けてやるか。

めくれたお尻を突き出したままバケツから必死に頭を抜こうとするメイドに、俺はゆっくりと歩み寄るのだった。

□□□□□

そういえば最近変わったことといえばもう一つ。

「ルルお兄ちゃん！　これ読んで！」

「あらあらリリス。ルルク様は読書中なのよ。邪魔しないの」

「え～？　リリ、ルルお兄ちゃんと一緒に読みたい～」

「甘えてばかりはダメよ。ルルク様は存分に甘えてもいいんですからね～？」

左からリリスが抱き着いてきて、右からリーナが頭を撫でてくる。

ひとこと言わせてもらうと……なんだコレ。

「あの二人とも、ここ書斎……」

「知ってるよ！　ご本読むところ！」

「あらあら。ルルク様は何を当たり前のことを言ってるのかしら」

いやいやいやいや。

書斎は静かに本を読むところですよね。他人に読んでもらうところでもなければ、お菓子を持ち込んでブレイクタイムを過ごすところじゃないんですけど？

そういうのはリビングか私室でやろうね！

……とは言えない。そんなに強く言えない。

だって俺、基本的には事なかれ主義なんだもの。ノーと言えない日本人気質、圧倒的消極性により戦略的撤退をおこないました。

とまあ、こんな感じで。

リリスがいままで以上に俺との距離を近づけてきただけじゃなく、リーナまで書斎に来るよう

になったのだ。もともと俺専用の場所ってわけじゃないから何か言えた筋合いはないんだけど
……でもね、言わせて欲しい。あなたたち距離が近いのよ。なんで常にどこか触れてるんです
か？　俺をウサギさんだと思ってる？

でも俺が逃げようにも、私室の明かりはつけられないから読書はここでするしかない。俺はた
だ集中して本が読みたい……それだけなんだ。

「ねぇルルお兄ちゃん」

「……今度はどうしたのリリス」

「リリも神秘術したい！　ルルお兄ちゃんと一緒がいい！」

え？　キラキラ笑顔の天使が読書の邪魔だって？

バカ野郎誰だよそんなこと一瞬でも思ったやつ。ぶっ飛ばしてやるから出てこいよ。……よし
出てこないな、なら許す。せいぜい未来の自分に感謝しやがれ！

「リリスは鑑定したことある？　素質――練度はどれくらいあった？」

「わかんない！」

自信満々の笑みで答えたリリス。

あ〜癒される。今日も世界で一番可愛い妹がここにいますね……おっと俺の心のガウイ(シスコン)が妙な
ことを口走ったな。失礼、躾(しつ)けておきます。

「リーナさん、リリスの鑑定結果はどうでした？」

「練度は１３０ありましたから、努力すればできるかと……」

リーナの言うとおり、初期練度はかなり大事だ。

練度はいわゆる習熟度のようなものらしい。初期の数値が高ければ単純に相性がよく、使いこなすほどにさらに数値が上がっていく。数値が上がれば上がるほど同系統の術式やスキルの精度が高くなったり、新しいスキルを憶えることにも繋がっていくという。

ちなみに初期値が100以下だとほぼ才能ナシなんだとか。

ちなみに俺の初期練度1000オーバーは、ヴェルガナいわく〝異常〟らしい。魔術は素質ゼロだが、神秘術の才能だけはあったようだ。

とにかく、いまはリリスのことだな。練度は平均値くらいだろう。努力次第でなんとかなるとはいうけど……あとは本気かどうかだろうな。

「リリスは霊素、視える？」

「わかんない！」

「ってことは視えないよな……うーん、どう説明したもんか」

『神秘術の心得』に霊素の認識方法が載ってなかった理由がよくわかった。

霊素っていうのは、体感的に言うなら〝変動しない湿度〟みたいなものだ。

例えば乾燥地帯で生きていた人がいきなり多湿地帯に行けば違和感に気づくことができる。それが前世の記憶がある俺だった。でも最初から多湿地帯で生きてきたひとに「ここの空気はジメっとしますね」と言ったところで、「どういうこっちゃ」となるだろう。

そりゃ認識するまで平均二年かかる。

「ね～教えてルルお兄ちゃん」

「リリスが二年くらい諦めずにがんばれるなら……」

「がんばるよ！　リリね、絶対憶えるんだ！」

くぅ、笑顔が眩しいぜ。

「その前にいいかしら、ルルク様。神秘術っていうのは、そもそもどんなものなんですか？」

「えっと、俺もまだ初歩的なことしかわかりませんが……」

神秘術を独学で始めてからまだ一ヶ月。

憶えた術式もたった二つ——『転写』と初級の『召喚』だけだが、とりあえず入門書はすべて目を通して暗記したのでリーナに説明するくらいは容易い。

「神秘術には三つの技法があって、ここでも才能というか向き不向きがあるみたいです。

ひとつは【召喚法】……そこにないはずのものを呼び寄せるという術です。三賢者の物語で、神秘術の賢者がよく使ってた『眷属召喚』がこれに該当しますね」

「私も読んだから知ってますわ」

「よかったです。ヴェルガナいわく、魔術でいうと従魔を使役する『テイム』が似たようなものですけど『眷属召喚』だと相手が遠くにいても一瞬で呼び出せます」

ちなみに俺が憶えてる唯一の召喚法もこの『眷属召喚』だ。

呼び出せる相手？　ええまあ、屋根裏にいる餌付けした子ネズミだけですが何か。

「それで、ふたつめは【置換法】……これは対象情報を書き換えたり写したりするスキルです。

例えば何かの色を変えたり、模造品を作ったり、物の場所を移動させたりといったものになりますね」

「それって、もしかして王都にまであっという間に行けたりするのかしら。久しぶりに王都でお買い物したいのよねぇ」

うっとりと笑みを浮かべるリーナさん。

確かに練度を上げていけばできるかもしれないが、転移に関してはあまり期待させるのは良くないな。

「ええとですね、霊素で書き換え可能な情報は、基本的に目に見える範囲らしいです。空間的距離を無視するなら召喚法スキルになりますけど、『眷属召喚』で人間は呼び出せないらしいですね。ちなみに俺も物質の転移はまだ憶えてないですし、制御がかなり難しいって書いてました。生物の転移となると入門書では触れられてもいませんでしたね……」

「あら、それは残念」

「なので王都はちょっと厳しいかと」

もしかしたら例の神秘王ってひとならできるかもしれないけどね。

まあそれは例外だろうから考えないでおこう。

「あと最後は【想念法】です。想念法は特殊な技術らしくて、『霊脈を利用して世界樹へ繋がって世界樹に保存された〝記憶〟をもとに現象を創り出す』というものみたいなんですけど……正直これは入門書にもほとんど概要しか載ってなくて、実際の術式とかは載ってなかったですね。

もちろん俺もどうやるかさっぱりでして」

　そもそも実在してるとは聞いてるけど、姿も形もわからない謎物質と繋がって？　利用して記憶を呼び覚まして？　それを現実に引っ張ってくるって？

　うーんさっぱりわからん。

　これぱっかりは霊素操作技術だけじゃない何かが必要な気がするし、いまのところ取っ掛かりがないので憶える気もないいんだよな。

「まあそんな感じが神秘術ですね。正直、魔術のほうが多彩で応用はたくさん効きそうですけどね……」

「そういうことらしいわリリス。やめておくかしら？」

「やるもん！　リリ、ルルお兄ちゃんと一緒がいいもん！」

　役に立たないかもと知ってもまったくブレなかった。

　さすがにそこまで言い切られては承諾するしかないだろう。俺はリリスを撫でながら微笑んでおく。

　べ、べつに嬉しいから笑ってるわけじゃないぞ？　これはリリスの向上心に感心した笑みなのだ。まったくもう、上昇志向の妹をもって兄は苦労するなぁしょうがないなぁ。

「ふへへ」

「ルルお兄ちゃん、へんなかお～」

「キリッ。それと先に言っておくけどリリス、修行は長くてつらいぞ。まずは霊素を感じ取れるようになるまで、ひたすら瞑想を――」

「おいクソモヤシっ！」

いきなり扉が開いて、悪ガキが入ってきた。

なんだよいまいいところなんだから邪魔すんな。

そう文句を言ってやろうとしたら、ガウイは木剣を投げてきて言った。

「オレと決闘しろ！」

……は？

□□□□□

「おいモヤシ！　決闘しやがれ！」

「決闘するって言ってんだろ！」

「決闘！　決闘だ！　剣をとれ！」

……ノイローゼになりそうだ。

先日ガウイから決闘を申し込まれてから、無視していてもことあるごとにガウイがまとわりついてくるようになった。

最初はリリスの「うるさいどっかいって！」口撃で撃退していたんだが、このところそれも効かなくなってきた。

リリスに嫌われてもめげずに俺に決闘を挑むその目的やいかに。目が血走ってるから、絶対ろくなもんじゃないよ。

とはいえスルーし続けるのもそろそろ限界に近い。騎士一家の最重要規則――訓練以外では決して手を上げてはいけないというルールのおかげで実力行使されることはないんだが……もしかして精神攻撃を狙ってるのか？　それならあのシスコン兄貴、とんだ策士だぜ。

「今日こそ決闘しろ！　この腰抜け野郎！」

早朝の稽古が終わって木陰で休んでいる俺に、トンボをかけながら顔だけこっちを向けて叫ぶガウイ。

シュールな絵面だなあ。

「そろそろ受けてやったらどうだい？」

「そうは言いますけど、ああいう手合いは一度許したら何度でも許されると思ってつけあがるんですよ。遅刻癖みたいなもんなんですよね。職場にもいませんかそういう輩が」

「……ルルク坊ちゃん、アンタほんとに五歳なのかい」

おっとロールプレイロールプレイ。

「でもまあ、アンタの言うこともわからんでもないけどねぇ……それにしたって話くらいは聞いてやってもいいと思うけどねぇ。あんなのでもアンタの兄さね」

「そんなこと言って、俺がボコボコにやられて苦しむ顔が見たいだけじゃないんですか？」

「確かにそれは見たいねぇ」

「ちょっとは誤魔化しません？」

欲望に忠実な婆ちゃんだぜ。

まあ確かに、ガウイの決闘しろしろかまってちゃんの理由はまだ聞いてなかったな。

……はあ、気は進まないが聞いてみるか。

「なあガウイ！　なんで決闘したいの？」

「いまの実力を知りたいんだよ！」

実力……実力かぁ。

俺は隣のヴェルガナを見た。この鬼教官は、王国騎士筆頭の父よりも強いと自称している。確かに子どもが実力を測るにはまったく参考にならない相手だが……。

それなら俺じゃなくて、他の兵士たちでいいんじゃないか？　俺たちの訓練には来ないけど、屋敷の敷地内や外には結構な人数が警備しているみたいだし。

そう言うとガウイは首を振った。

「違う！　おまえとオレの、いまの実力を知りたいんだ！」

「俺の？」

そんなもの、ステータスを比べたら一目瞭然じゃないか。

どっちもまだレベル1だ。加算ステータスがない以上、基礎ステータスだけで十分わかるだろう。たしか敏捷値と知力以外は俺の二倍近くあるんだろ。平均的な八歳児からしたら、かなりの高数値っていうじゃないか。

剣も毎日振ってるし、子どもにしてはかなりの強者。それがガウイだ。

「ガウイ坊ちゃんはそういうことを言いたいんじゃないのさ」

「じゃあ何を比べたいんですか」

「戦いってのがステータスだけで決まるなら、リリス嬢ちゃんはいま頃奴隷として売られてるさね」

むむっ。それは最悪な未来だ。

でもなるほど、確かにステータスはあくまで身体能力を数値化したものだ。実力とは言えない。

「……でも、俺まだ打ち合い稽古すらしたことないんですけど」

「ま、それはどうにでもなるさね。ガウイ坊ちゃんは寸止めで、アンタはいくら叩いてもいいってことにすればどうだい？」

「おっ、それはなかなかの好条件」

日頃の恨みを晴らすときがきたか？

まあでもあのガウイがそんな条件を呑むわけ――

「それでいいぞ」

「え。いいの？」

「ああ。それで決闘を受けてくれるならな」

そこまでか。

うーん、わりと足場が固められてきた気がするな。ここで拒否は……さすがにムリか。

俺はルルク。すぐに場に流される男。

「じゃあそれならいいよ。寸止めだよガウイ、守らなかったら夕飯抜きにしてもらうから」

「ああ」

素直だ！　いままでで一番素直なガウイが見れたぞ！

明日は雪が降るかもな。真夏だけど。

「それじゃあ地面も整ったようだし、さっそく始めるさね。基本の決闘ルールでやるからね。実戦を想定した一本勝負。攻撃がまともに入ったと判断したら勝負はそこまで。ガウイ坊ちゃんは寸止め、ルルク坊ちゃんは自由に攻撃していいけど、両者とも急所への攻撃はナシ」

「えっダメなんですか⁉」

「無法者相手じゃないんだよ、正々堂々やんな」

ちっ。作戦の半分以上が潰れてしまったぜ。

でもまあ、俺が勝ちにこだわる必要はないだろう。ガウイが見たいのは俺との実力差であって、卑怯な手を使ってまで結果にこだわることはない。あくまで紳士に、正々堂々勝負すればいいってことだ。

俺は余裕のある大人だから、勝ち負けなんてどうでも――

「ふたりとも、負けたら昼飯は抜きにするよ」

よし！　何が何でも勝ってやるぜ！

「それじゃあ両者向き合って……はじめ！」

ヴェルガナの合図で、俺とガウイは睨み合った。

木剣は訓練のおかげで振り慣れている。とはいえ間合い管理は経験不足だから、駆け引きで勝てるはずもない。

身長もリーチも負けてる。たしか敏捷さはかろうじて同じくらいだったから、俺が駆け引きできるとすればそこだろう。

でも、ガウイはバカであってもアホじゃない。俺の敏捷値もわかってるだろうから、隙が大きな攻撃はしてこない。

油断もしておらず、じっくりと俺の隙を窺っている。何度かフェイントの足さばきを見せているけど、俺が動じてないので動くに動けないようだ。まあ打ち合い稽古したことないから反応できないだけなんですけどね。

「ふんっ！」

「おっと」

突きが来た。

すぐに半歩足をずらして間合いから逃れる。間合いを広げたので追撃はこなかった。

さすがにあの裏路地で出会った人攫いに比べたら遅い。確かにガウイのステータスは俺の倍近くあるけど、攻守の判断力や冷静さは俺に分があるみたいだ。まあなんたって中身が十八歳だからな、鍛えているとはいえ子どもの速度を脅威には感じないのだ。

とはいえ俺も自分から攻めないと、鬱憤を晴ら……コホン、勝負をつけられない。かといって身体能力は低いこの体。

うーん、どうしたものか。

「ビビってんのかモヤシ！　やっぱモヤシだな！」

「ほう。言ったな？」

安い挑発だ。

でも効果はあったらしい。消極的だった俺の思考が、いかにあの悪ガキをボコボコにするかに切り替わっていく。打ち合いになったら力でも技術でも負けることは確実だ。だったら互角の状況じゃなく、有利な状況にすればいい……そうだ。うん、そうしよう。

正々堂々？

いいだろうやってやる。

「シッ！」

俺は間合いの外から平行に剣を振るった。

もちろんガウイに当たるわけがない。だがそれは攻撃じゃない。何かの仕込みでもない。

ただこの瞬間、ガウイを近寄らせないためのものだ。

実力の現在地点を測ることが目的なら、俺も持てるすべてを出してやろう。

「『転写』」

霊素を操作し、スキルを発動する。

置換法の初級スキル、所持品のコピーを生み出す『転写』。

俺の左手に現れたのは——

「なっ！　二本は卑怯だろ⁉」

もう一本の木剣。

何が卑怯なんだ。俺は自分の実力を出すまで！

左手を振りかぶり、それをガウイに向かって投げる。

「くそっ」

とっさに防御態勢に変えて飛んできた剣を弾いたガウイ。

さらに文句を言いたそうにしているが……おいおい、『転写』が一回しかできないって誰が言ったんだ？

「『転写』！『転写』！『転写』！『転写』！」

「ちょ！　まて！　てめぇ！　ずりぃっ！」

コピーしては投げ、コピーしては投げを繰り返す。

ちなみにこの模造品だが、五秒くらいで消えるためすぐに投げないと届く前に消滅する。さらに言うと初級の『転写』は外観だけのコピーで中身はスカスカなので、当たってもまったく痛くないんだけどな。

いわばこけおどしだ。

それでもガードを解くわけにはいかず、無尽蔵に投げる俺の木剣からひたすら守っているガウイ。

ワハハハ！　ずっと俺のターン！

「くそっ！　そっちがその気なら……我は乞う！　母なる命の源よ我に清涼なる一滴の雫を与え彼を穿つ礫となりて――」

「なんてな」

そうさ。それを待ってた。

剣術で勝てない相手？　なら剣術で戦わなければいいのさ。同じ土俵に立つから負けるなら、土俵から引きずり下ろしてやればいい。この悪ガキは魔術の照準を合せるのが苦手で、狙いをつけるのに両手を使わなきゃならないことを、俺は知っている。

俺が近寄らないとわかったら、魔術を使うと思ったよ。

そしてそれがおまえの隙だ。

俺は全力で地を蹴った。

わざと魔術の詠唱後半――発動できる直前に突っ込んできた俺を、ガウイはそのまま魔術で迎撃するか剣を構え直すのか迷った。まあ、迷わなくても間に合わなかっただろうけどな。

なんせ敏捷値は同じくらいだ。

「うおりゃあ！」

「ぐへっ！」

ガウイの腹の贅肉をカチ割る、綺麗な一文字を叩き込んでやった。

手加減？　悪いな、前世に忘れて来ちまったぜ！

「勝負あり！」

ヴェルガナが合図を告げた。

ふむ。あと一発くらい恨みを晴らしておきたかったところだけど……仕方ない。我慢しておくか。そういうわけでいまのは書斎での楽しいひとときを邪魔されたリリスの分ってことで、俺の分は今度にしよう。また機会があったら思う存分叩いてやるからな！　覚悟しやがれ！

まあでも、昨日の敵はなんとやら、だ。

倒れたガウイに俺は手を差し伸べる。

「いい勝負だったぜ友よ……」

「どこがだよ！　おいクソババア！　いまのはナシだろうが！」

「どこがだい？　アタシは剣だけの勝負だとはひとことも言ってないさね。両者とも持てる実力を出せ、とは言ったけどねぇ」

「ぐっ……にしたって、あの神秘術はどう考えてもずりぃ！」

「そうかい？　そう思うなら、それがアンタの判断力の悪さだねぇ。そうだろルルク坊ちゃん」

おっと、ここで振られるか。

敗者にとって試合の解説――というかダメ出しを勝者にされるのが一番屈辱な気がするんだけど……あ、いやヴェルガナが悪どい笑みを浮かべてる。わざとだな、ならいいか。

「そうだね。初級の『転写』がコピーできるのは外観と素材の感触だけで中身はないよ。重さもほとんどないから無視して体に当たっても痛みもダメージもないし、俺が『転写』してる隙に突っ込まれてたら普通に負けてたんだよね」

「そうさね。もしアンタが冷静だったなら投げられた剣を弾いたときに、感触だけで本物との違いに気づけたはずさね。焦って気づけなかったのが、アンタの敗北した理由だねぇ」

「……くそ！」

　理屈で無理やり納得させられたガウイは、悪態を吐いて地面を殴った。

「いいかい。そもそも実力ってのはステータスや技術、スキルで決まるもんじゃないさね。周囲を利用する力、判断や思考の速度、そして運も味方につけなきゃならない。とくにルルク坊ちゃんは〝作戦〟をきちんと練っていた。それが今回の勝因さね？」

「まあそうですね。ガウイが決闘決闘ってうるさかったので、勝つための手段はいくつか考えてましたから」

「そうだねえ。〝準備〟も勝ち負けを左右する。それが勝負ってもんさね……ま、ふつうの五歳児がやるようなことじゃないんだけどねぇ」

　おっと、こればっかりはロールプレイにも限度があるな。そこは地頭の良さってことで納得して欲しい。

　とはいえ、いくら正論を叩きつけてもいまのガウイには半分くらいしか入っていかないだろう。だから俺は、不満そうに睨んでくるガウイに対してこう言うのだ。

「ちなみにガウイ、リリスも見てたぞ」

「えっ」

屋敷の三階。

自室の窓からこっちを見ていたのはリリス。俺が手を振ると、ぴょんぴょん跳ねながら大きく振り返してくれる。

「あれだけしつこく勝負しろってうるさかったからなぁ……リリスも喜んでるみたいだ。よかったなガウイ……あれ？　さすがにオーバーキルだったか？　おいガウイ、返事しろガウイ！　ガウイ――ッ！」

白目を剥いて泡を吹き始めたガウイ。

よく考えたら平常運転なんだけど、面白いから大袈裟に看取ってやる。

ほらリリスも顔面蒼白なガウイを見て嬉しそうにはしゃいでいる。めっちゃ楽しそうだけど知ってるかリリス、それ、死体に鞭打ちって言うんだぜ。

南無阿弥陀仏ガウイ安らかに眠れ～。

「はぁ。まったくアンタらは退屈しないねぇ」

ヴェルガナの呆れた声が鎮魂歌となるのだった。


それからしばらく、俺たち三兄妹はそんな日々を過ごした。

俺は体と神秘術を鍛えながら、ときには貴族として勉強の中でこの世界の知識をつけていく。

たまに帰ってくる父とは顔を合わせることも滅多になく、俺が十歳になれば子爵家に婿入りさせる未来に向けて色々と準備しているようだったが……。

そんな日常が大きく変わったのは、それから四年後――九歳になったときのことだった。

【名前】ルルク＝ムーテル
【種族】ヒト種・人族
【レベル】1
【体力】145（+0）
【魔力】0（+0）
【筋力】191（+0）
【耐久】185（+0）
【敏捷】290（+0）
【知力】288（+0）
【幸運】101
【理術練度】390
【魔術練度】0
【神秘術練度】3034

【所持スキル】
《自動型（パッシブ）》
『冷静沈着』
『行動不能耐性（中）』
『数秘術7：自律調整（セーフティ）』
《発動型（アクティブ）》
『準精霊召喚』
『眷属召喚』
『装備召喚』
『転写』
『変色』
『凝固』
『融解』
『夢幻』
『言霊』

エピローグ　別れ、そして遥かなる出会い

いつの間にかこの世界に来て四年が過ぎ、九歳になっていた。

今年の誕生日も質素なものだった。

この世界ではあまり誕生日を祝うっていう習慣はなくて、成人までは個人の記念日みたいなのは存在しないらしい。

普通なら夕食がちょっと豪華になるくらいのボーナスはあるみたいだけど、俺はいつも私室で個人飯だ。比較対象がないから豪華なのかどうかわからない。

そもそも忌み子だし、親からプレゼントをもらえないのは四年間で慣れたので、べつに気にしなくなった。ほんとに気にしてない。き、気にしてなんかないんだからね！

そう言うとツンデレっぽく気にしてるみたいだけど、リリスとリーナが祝ってくれたから本当に気にならないのだ。

とにかく九歳になった俺は、自分へのお祝いとしてこっそり屋敷を抜け出して教会に行ってきた。

もちろん寄付するためじゃなくて鑑定するためだ。第二の人生をくれた神に感謝はしてるけど、子どもの小遣いは少ないんだよ。

鑑定担当のシスターさんも、毎年抜け出してくる俺とはすでに顔見知りだから何も言うことなく、黙って鑑定してくれるようになった。最初の頃は公爵家に連絡されて、抜け出したことをすごく怒られたけどな。

「ルルお兄ちゃん、やっぱり神秘術練度すごいね。まだまだ伸びてる」

「……その代わりステータスが最近全然伸びないけどな」

欠かさずにやってるヴェルガナブートキャンプも現状維持程度くらいにしかならなくなってきた。身長も平均男児に比べたら低いほうだし、いくら筋トレしても父やガウイみたいなゴリラ体格にはならない。誇れるのは敏捷値だけだ。

今日はリリスの自主トレに付き合っていた。

いまは鑑定書を眺めながら休憩中で、木陰で座る俺の隣で、肩をくっつけてくるリリスだった。

もちろんリリスも八歳になるまで成長していた。背もそれなりに伸びてきて、美幼女から美少女になりつつある……将来が楽しみだぜ。

でもやっぱり、この時期は女子のほうが成長は早い。背丈も追いつかれそうだ……くそう。俺ももっと身長が欲しい。

「ルルお兄ちゃんは大きくなりたいの？」

「まあね。父上とまではいかなくても、リリスより低くなるのはちょっと」

「リリはそのままのルルお兄ちゃんがいいなあ。大きいひとって、ちょっと怖いもん」

そ、そんな目で言われたらいざ背が伸びても足を削ってしまうかもしれない！

前世から望んでいた高身長人生に陰りが差した俺は、すぐに話を変えた。

「リリスは何か欲しいものはある？」

「神秘術スキルがたくさん欲しい」

「だったら練習あるのみだ。ここでサボってる場合じゃないんじゃないか？」

「ここでも練習できるもん！　見ててよ！」

リリスは空中に指を走らせて霊素を操作していく。

滑らかな操作とは言い難いが、しっかりと霊素を配列させている。

神秘術は数式みたいなもんだ。霊素を組み合わせて正しく式を組めば術が作用する。勉強したぶんだけ結果になるのが神秘術のいいところだな。

そう、才能としてはごく平凡なリリスだったが、三年間挫折することなく瞑想を続け、ついに霊素を認識できるようになっていた。

それから一年、俺とともに神秘術のトレーニングの日々だった。

「今度こそ準精霊つくるもん！」

「ほら霊素が指から離れてってるぞ。ちゃんと留めておかないと」

「ふぬぬぬぬっ」

ちなみに特定の霊素で構成した集合群体を〝微精霊〟、微精霊に明確な目的意識を持たせたものを〝準精霊〟、準精霊が自身で存在定義を確立させて意思を持ったら〝精霊〟になる。

精霊になればもはや種として独立し、時間経過で消えることがなくなるんだとか。

この精霊召喚の段階訓練は、召喚法の練習に一番有用でよく練習に使っているのだ。

ちなみにヴェルガナいわく、遠い森に住むエルフが得意とするのが準精霊を使った独自の戦闘法で、その戦いは見ていてとても華麗なんだとか。

エルフもいるこの異世界……素晴らしい。

俺もいずれエルフのお姉さんに会ってみたいなあ。

「ぐぬぬぬぬ！」

「あんまりリキんでるとオナラ出るぞ」

「でっ、出ないから！　リリはオナラしないもん！」

「どこのアイドルだよ」

「あっ……ルルお兄ちゃんのせいで失敗しちゃったじゃん！　バカバカ！」

がんばって維持してた微精霊が散らばって、ふつうの霊素に戻ってしまったな。

リリスがむくれてポコポコ俺の頭を叩いてくるけど、筋力値80の腕力じゃさすがに痛くも痒くもないな。ただ可愛いだけだ。

「いいかリリス。準精霊を作るにはまず役割を持たせる必要があるんだ。微精霊状態を維持すると同時に、組成式に方向性を書き込んで性質を定めてやらないと」

「じゃあやって！　リリも邪魔するから！」

おい妹よ、素直にアドバイス聞く気あるか？

まあいいか。減るもんじゃないし。

俺は腕をガジガジ噛んでくるリリスを無視して、さっそく霊素を組み替える。

「『準精霊召喚』」

一瞬で霊素を集めて、微精霊を経て準精霊に昇華した。

俺たちの周りを綿毛みたいにフワフワと浮かんでいる準精霊。持たせた指向性は〝警戒〟だ。近くに外敵が来たら点滅して教えてくれる。

「ずるい。練度高すぎ」

「はっはっは。俺も確かに３０００超えてたのは高いと思ったけど、でもよく考えたら魔術が使えないからむしろトータルマイナスなのでは？　と冷静に考える今日この頃」

「なんでなの？　リリはうらやましいよ」

「考えてもみろよ妹くん。魔力がないってだけで、トイレには水桶を持っていかなければならないし、自室の灯りはつけられない。扉に鍵は閉められない。風呂にも一人じゃ入れない。料理もできないし書斎の本は全部読み切ったからヒマなときにやることがない！」

こんなときネットがあれば！　ゲーム機があれば！

魔術器が使えないと、異世界の縛りプレイ感が半端ないのだ。

神秘術？　ええまあそれなりに得意ですよ。日常生活でまっっったく役に立ちませんけどね。

そりゃ徐々に廃れもしますよね。

「それは可哀想だけどぉ……でもでも、いつも言ってるじゃん。トイレも言ってくれたらリリが流してあげるし、一緒に寝たら灯りはリリに任せてもらえるし、お風呂も一緒に入ればいいし、料理はそもそもルルお兄ちゃんがする必要ないし……まあルルお兄ちゃんの本狂いはいまに始まったことじゃないからアレだけど……とにかくね、魔力使えなくてもなんとかなるの！」

「何が悲しくて妹にクソを流してもらわなきゃならんのだ。あと何回も言うけど、一緒に寝たりお風呂に入ったりはしません」

外見はともかく精神はとっくに大人。いくら懐かれてたとしても、八歳の少女と喜んで同衾したり混浴したりするわけにはいかんのだ。

「むぅ～……ルルお兄ちゃんはリリのことキライなの？」

「違います。俺のハートは繊細なガラス製なの。休むときはひとりがいいの」

「どうしても……ダメ？」

「そ……そんな風に甘えてもダメなものはダメ」

くっ、心が揺らいだがなんとか耐えた。

俺めっちゃ偉い。

「む～！　ルルお兄ちゃんのバカ！　もう知らない！」

自主トレもほっぽりだして、屋敷に駆けて行ったリリス。

ちょっとからかいすぎたかな？　まあ、神秘術の上達は一朝一夕でどうにかなるもんじゃないから、続きはまた明日でもいいだろう。

リリスがいなけりゃ俺もべつに訓練場に用事はない。片付けてから戻ろう。

……え、ガウイはどうしたのかって？

二年前に王都の騎士学校に行ったので屋敷にはいませんね。王都に向かう直前、泣きながらリリスを抱きしめようとして逃げられてたのが、俺の見た彼の最後の姿です。

　あのポンコツは元気でやってるだろうか……。

「ルルク坊ちゃん」

「どうわっ⁉」

　びっくりした。

　いつの間にかヴェルガナが背後に立っていた。さすがラスボス系老婆。

「この俺に気配を悟らせないなんて……やりますね」

「空見て意識飛ばしてたくせに何言ってんだい。それよりルルク坊ちゃん、明日にもディグレイ坊が帰ってくるからね。しばらく抜け出すんじゃないよ」

「父上が？　確か王都で仕事してたんじゃなかったですっけ」

「そろそろ巡回の時期さね。またムーテル領内の視察からだよ」

「ああ、もうそんな時期か……」

　そういうことなら、しばらく大人しくしておかないとな。

　あと一年、十歳になる前に自立したい。婿養子として強制送還なんてまっぴらゴメンだ。家出計画も本格的に練っていかないとだけど、父には絶対に気取られてはならないのだ。

　父の前では寡黙で従順な息子のロールプレイを徹底しよう。

「教えてくれてありがとうございます」

「いいってことさ。それよりアンタ、ヒマそうだね」

「あ〜……たったいま持病の〝急用ができた症候群〟の発作が」

「しょうがない、剣構えな。鍛えてやるさね」

木剣を投げてきた。

俺が受け取ると、すぐに距離を詰めてきて振りかぶるヴェルガナ。

慌てて防御姿勢を取りながら、

「ちょっ！　せめて理由を聞かせてください！」

「さっき洗濯担当がシーツをひとつダメにしちまってねぇ。メイド長としてアタシが報告書を書かないといけなくなっちまったんだよ」

「それと何の関係が⁉」

「ストレス発散」

「最悪だこのババア！」

くそっ！　ガウイがいなくなってからヴェルガナの相手が俺だけになったのが痛すぎる。

朝の稽古では、寸止め何それ美味しいの？　って感じでバカスカ叩いてくるし、俺の治癒スキルが発動すれば怪我なんて一瞬で治るから手加減しなくてよくて上機嫌だし、ああもう俺は剣術はそんな極めるつもりはないいんだよ！　それなりでいいんだそれなりで！

「ほれほれ、相手の剣から意識が外れてるよ」

「そりゃ足技も使ってくるからですよ！」

「実戦じゃ全身が武器だからね。魔物は人型じゃないからもっと多様に攻撃がくるよ」

「魔物と戦うつもりなんてないですってば！」

そもそも騎士になるつもりなんてない。

どうにか得意の神秘術を活かして生計を立ててやるんだ。サドっ気ババアにボコられるのもあと一年の我慢だと思えば耐えられそうな気はするけど、それはそれとしてやられっぱなしは癪だ。今日こそ目にもの見せてやる。

ババアの剣だって見えるようになってきたし、力こそまったく及ばないけど、こうして、苦戦を装って、卑怯な手でも、何でも使って、油断を、誘って、うぐっ、痛いっ、いたたっ！　ちょっとまて！　骨が！　肉が！　あばばばばばっ！

「いまのが騎士剣術〝剣槍〟さね。対人戦でかなり有用だから、騎士と戦うときは警戒しておくんだよ」

「ごじどうばびばどうごばびばず」

うぐぐ、今日も地面が冷たくて心地いいぜ。

上半身を起こしてスッキリした表情のヴェルガナを見上げる頃には、腫れた顔もふくめて怪我は完治していた。

いやほんと、いつもながら治癒スキルの『数秘術７』だけは有能すぎるんだよな……でも俺、べつに戦いで生計立てる気はないんだけど。

「でもね坊ちゃん、ここを出て後ろ盾もなく生きるなら初めは行商人か冒険者くらいしか選べないさね」

「……ま、そうですよねぇ」

街から街へ物資を運ぶ商人か、あるいは体ひとつで依頼をこなす冒険者か。

どっちもギルドがあるので初心者でも簡単なことは教えてもらえるし、最初の選択肢が少ないのは承知している。

ヴェルガナは唯一俺の本心を知っているので、こうして軽いアドバイスをもらってるんだが、毎回勧められるのはどっちかだ。

「どっちにしても盗賊や魔物とは戦うさね。ある程度のレベルと技術は必要だよ」

「うーん、商人か冒険者……ふむむ」

性格的にやるなら商人のほうが向いているけど、〝即座に怪我が治る〟という身体的アドバンテージを活かせるのはどう考えても冒険者だ。

とはいっても、憶えた神秘術で戦いに使えそうなものが少なくて、不安なんだよな。

独学だからしょうがないとしても、もう少し幅の広い術を憶えておきたい。

「せめて神秘術の先生でもいればなぁ」

「……そうさね。ま、じっくり悩みな」

ヴェルガナは俺の木剣を回収すると屋敷に戻っていった。

俺はまた踏み荒らした土を均しながら、将来のことを考えるのだった。

□□□□□

翌日、ヴェルガナの言った通り父親が帰って来た。

俺はそのとき、タイミング悪く厨房で水を汲んでもらった直後だった。

昔から使用人たちに避けられている俺だったが、料理長とは良好な関係を保っていた。

前世では一人暮らしみたいなものだったから自炊はしていたし料理は好きだ。コンロも水道も明かりもすべて魔術器だから俺自身で料理はできないけど、料理の話題で盛り上がることはできる。

以前、メニュー開発に困っていた料理長に助言したことがきっかけで仲良くなったのだ。

それゆえ生活用水は料理長に頼むことが多かった。厨房で和気あいあいと新しく作る菓子のアイデアを出し合ってから、主目的だった水をもらって二階へ戻るところだった。

ちょうど俺が玄関ホールにさしかかったとき、

「「「おかえりなさいませ、旦那様」」」

玄関ホールでメイドたちが頭を下げていた。

扉から入って来たのは野生のゴリラ。おい飼育員！　檻からゴリラが脱走してるぞ……ってなんだ父親かよ紛らわしいな。

一年ぶりに見たディグレイ＝ムーテルはとくに代わり映えもなく、偉そうな態度でノシノシと歩いてきた。

早々に顔を合わせるなんて運が悪い。俺もすぐに頭を下げて挨拶する。

「おかえりなさいませ父上」

「……」

無視された。

ま、俺なんてこの家にとっては厄介者でしかない。むしろ笑顔で話しかけられてもこっちが困るので、こういう関係のほうが気楽だ。

歩いていくディグレイの背中を見送ってひと息ついていると、後ろから声をかけられた。

「そこにいるのはルルクかい？」

まばゆい白い鎧を身につけた恰幅の良い青年だった。

父親に似た骨格と筋肉がマッスル遺伝子を匂わせるが、太い首に乗っている顔は爽やかイケメンだった。

ディグレイが闇属性ゴリラだとしたら、こっちは光属性ゴリラってとこか。いやべつにゴリラに例える必要はないんだけどさ。

でも誰だろう。少なくとも一度も見たことのない人だった。

「……えっと、はい」

「ああすまない。前に会ったのは君がまだ三歳だった頃だから、憶えてないのも無理はないか。僕は君の兄、ララハインだ。よろしくねルルク」

「あ、どうもご丁寧に。ルルクです」

ぺこりと頭を下げておく。

ララハインといえばこの家の嫡男——つまり第一夫人の長男で、ムーテル公爵家の次期当主だ。

王都でエリート騎士として活躍中だと聞いたんだけど、どうしてここにいるんだろう。

そんな疑問を察したのか、ララハインは白い歯をキラリと光らせた。

「領地経営を学ぶために父についてきたのさ。王都の屋敷でも勉強はできるけど、実際に目で見て得た情報のほうが身になるからね。父とともにしばらく滞在するから、何かあったら頼って欲しい。君の兄としても一人の騎士としてもなんでもいいからね」

な、なんだこの眩しい生物は……っ！

本当にディグレイの息子か？　ガウイと同じ遺伝子か？

我が公爵家に似つかわしくないキラキラと澄んだ瞳に、たまらず困惑する。

……いやでも待てよ。俺と同じ血が流れてるって考えたら不思議じゃないか。うん納得ほんと納得。異論は認めない。

とりあえず困っていることはないので、無難に返しておこう。

「ありがとうございます。機会があればぜひ」

「ははは、そうかしこまらなくてもいいよ。存分に甘えるといい、君は弟なんだから。むしろ兄としては甘えてもらえたほうが嬉しいくらいだよ」

「はい。憶えておきます」

甘えろアタックはリーナから毎日受けているので腹いっぱいだ。ララハインにまで無理して甘えるほど人肌恋しくないし、さすがに精神年齢が近い実兄に甘えられるほど恥は捨ててない。

そもそも疑似姉で人妻なリーナに甘えるだけでも羞恥心がハンパないからな。俺が遠慮なく甘えられるとしたら精神年齢百歳の美女くらいだろう。

とにかく、俺はララハインとの初遭遇を終えて自室に戻った。

裏表のなさそうな善良な人っぽいけど、俺の得意なタイプじゃなさそうだな。パーソナルスペースもほとんどなさそうだったし。

そのままベッドに寝ころびながら開け放した窓の外を眺める。

小鳥が気持ちよさそうに飛んでいる青空を眺め、ひとりごちる。

「……しばらくは大人しくしとこう」

どうせ書斎に用事もないし、四畳半の自室でも神秘術の自主トレはできる。

最近はスキルも増えてきたし、指を使わなくても霊素を操作できるようになってきた。とはいえまだ中級までしか習得できていない。どうにかして神秘術の知識を増やしたいところだが、教本は中級レベルのものまでしか市場にないから現状手詰まりなんだよなぁ……。

そんなことを考えながらウトウトする。

そうやってのんびり過ごして日が傾き始めた頃、部屋の扉がノックされた。

おや、来客なんて珍しいな。いつものメイド少女かな？

「鍵開いてますよ。どうぞ～」

「失礼します」

「リーナさん⁉　それにリリスも」

「ルルお兄ちゃん！」

　ベッドで上半身を起こした俺に飛びついてくるリリス。リーナも遠慮がちに部屋に入り、扉を閉めた。

　俺の部屋は椅子と机がひとつだけだ。さすがに来客に対応できるような場所じゃない。リリスはまだしも、リーナが来るなんて初めてのことだった。

「ルルク様にお話がありまして。お時間よろしいでしょうか」

「大丈夫ですけど、リビングか書斎に行きませんか？　ここじゃ狭いと思うんですが」

「いえ、ルルク様がよろしければここでお願いします」

「で、でも公爵夫人がこんな物置みたいな部屋なんかで」

「ここでお願いします」

「あっはい」

　押しが強いのはいつも通りだけど、いつもとは少し違うような。

　リリスもなぜか鼻をすすって泣いてるみたいだし、何かあったのかな。

「もしかして、俺のことで何かご迷惑を……？」

「いいえ。じつは先ほど旦那様に呼び出しを受けまして、ひとつ命令をくだされました。そのご報告に伺った次第ですわ」

「命令ですか？　どんな？」

「単刀直入に申し上げますと……私とリリスは王都で暮らすことになりました。明日、屋敷を発つ予定です」

「えっ」

明日から？　王都？

脳内が疑問符で満ちる俺に、リーナはかすかに震える両手を重ねながら言った。

「もともとリリスは淑女学院に通う予定でした。それは公爵家の息女であれば当然の義務なのですが、本来は十歳になってから王都で暮らすという計画でした。しかし、その……旦那様はリリスがあまりにもルルク様に懐いておられることを、かねてからよく思っていないようでして……」

「それで、俺と離すために二年も予定を早めたってことですか？」

「はい。旦那様はリリスがルルク様に依存していることも見抜いてらっしゃり……このままでは悪影響が出る、と。淑女学院への入学は予定通り二年後にするようですが、その前に王都に慣れておけとの名目で」

「……なるほど」

それはなんというか、俺にとっても心苦しい理由だった。

リリスが懐いてくれてること自体は嬉しいことだったが、それが原因で望まぬ王都生活を強いるのはとても申し訳なかった。

ディグレイの言い分にも正当性はあるだろうし、そもそも公爵家当主の決定に逆らうことはできないだろう。

それに、俺もリリスが俺に依存していることは薄々感じていた。四年前に人攫いから助けたことが大きな理由だろうけど、それ以来、屋敷の外に行くときは俺が一緒じゃないとイヤだと駄々をこねている。

たぶんトラウマになってるんだろう。確かに、強制的に引き離して荒治療をするなら早いほうがいい。

このままだと取り返しのつかないことになる気がする。

「やだやだやだやだ！　王都になんか行きたくない！」

ぐずりながら俺の服を濡らす甘えん坊のリリス。

父親が危惧する気持ちも理解できる……。

かといって俺にとってもリリスは可愛い妹だ。この世界に来て初めて味方になってくれた存在だし、何よりも大事に想っている。

離れたいかと聞かれたら、もちろん答えはノーだ。

「ルルク様。旦那様の決定に逆らうことなど、私たちにはできません。それにいずれは離れなければならないのです。それが二年早まっただけのこと……どうか、ルルク様からも私たちに命じてください。そうすればリリスも決心がつくでしょう」

「リーナさん……」

気丈に言う彼女も、いきなり王都に行くことに戸惑っていた。ずっと王都で買い物をしたいと言っていたけど、暮らしたいと言ったことは一度もなかったはずだ。

この街に愛着はあるだろうし、離れるのは辛いのだろう。

本音を言えば行きたくない。ここに残っていたい。許されるならそう言いたいはずだ。

だからこそ、俺に背中を押してもらおうとしているのだ。

「……そうですか」

俺は喧嘩が強いわけじゃないし魔術も使えない。暮らしの役に立たない神秘術しかできない忌み子だけど、それでも誰かの役に立てるなら役に立ちたい。

それが好きな家族のためならば、とくに。

「リリス」

俺は彼女の頭を撫でる。

「俺も離れ離れになるのは寂しいよ。このままずっと一緒に遊んで、訓練して、面白おかしく暮らしていたい……俺は基本苦しいこととかキライだし、逃げたくなることもたくさんある。ヴェルガナの訓練もサボりたいし貴族としての勉強も投げ出したい。イヤなことはたくさんあるけど……それでも、逃げたりはしない。それがなんでかわかるか？」

「ぐずっ……どうして？」

「将来、幸せになるためだ。俺は魔術が使えないから自分の生活すら満足に送れない。公爵家に生まれてなかったらとっくに死んでただろう。運が良かっただけで、俺自身には足りないことばかりなんだ。だから自分に足りないものが何か探して、それを埋めるために生きなきゃならない」

「……でも、ルルお兄ちゃんもリリも貴族だよ。そんなことしなくても生きてられるよ……？」

「そうだね。俺もリリスも家の言いなりになってどこかの貴族と結婚して、公爵家の道具として生きるならね。でも俺は、そんな人生はイヤだね。俺は自分の力で少しでも幸せに生きたいんだ。だから俺は……うん、決めた。俺は公爵家をやめる」

俺は息を吸って、吐き出すように言葉を乗せた。

「リリス、俺は冒険者になるよ。まだ九歳だしレベルは1だけど、成長して強くなって、もちろん神秘術だって磨いて自分の力で生きてやる。俺の将来は公爵家に守られるんじゃなくて、自分で守るんだ」

冒険者になる。

ずっと悩んでいたけど、その言葉を口にしたことでストンと納まった気がした。

「リリスとはしばらく会えなくなる。でもその間に、俺は立派な男になるよ。ルルク＝ムーテルとしてじゃなくてただのルルクとして、またリリスに会いに行くから。リリスも立派な大人になるためにたくさん勉強して欲しいんだ。貴族としてじゃなくて、ひとりのリリスとして」

「……でも、リリは……」

リリスは何か言いかけて口を噤んだ。

しばらく俺の胸で嗚咽を繰り返してから、呼吸を落ち着かせた。

「……ねえ、ルルお兄ちゃん」

「どうしたんだい」

「リリ、本当は行きたくない。ルルお兄ちゃんとずっと一緒がいい。でも……でも、リリがんばる。ルルお兄ちゃんが立派な冒険者になるなら、リリだって立派な淑女になる。神秘術だってルルお兄ちゃんに負けないくらいすごくなって、リリだって公爵家やめて自分で生きたい。だからがんばる。がんばるんだもん……うう、うわあああんっ」

「そうか。偉いぞリリス」

震えるリリスの背中を、ゆっくりと撫でてあげた。

精一杯背伸びして決心したことで、より別れを実感したのだろう。

王都とこの辺境の田舎街は、気軽に行き来できるような距離じゃない……俺が王都に行かない限り、淑女学院を卒業するまで会えないだろう。

「リリス……」

リーナも目に涙を浮かべていた。

この人にも随分助けられた。俺がこの屋敷で楽しく過ごせたのはリーナのおかげでもあった。

リーナはこの四年間、屋敷中から疎まれている俺に周囲の視線なんか気にせず味方してくれていた。そのせいで第二夫人や一部のメイドから嫌われてしまったことも、小さな嫌がらせをされていたことも俺は知っている。

俺のことなんか放っておいてくれと何度も言ったのに、それでもそばにいてくれたリーナには、本当に感謝しかないのだ。

「リーナさん」

だから俺は、空いた片方の手をリーナに広げた。

辛いときには甘えてもいいのよ——そう何度も言ってくれた言葉を、そのままお返しするために。

「ああっ、坊や……っ！」

我慢できなくなった涙腺を崩し、リーナも俺を抱きしめた。

俺も鼻の奥がツンとして、目の端から雫が零れた。

こうしてリリスとリーナとの最後のひとときを過ごしたのだった。

□□□□

「それではルルク様、お元気で！」

「ルルお兄ちゃん！　絶対お手紙書いてね！」

翌朝。

俺は王都へ旅立っていく二人を見送っていた。

「うん。ふたりとも気を付けてね」

護衛とメイド隊を連れた馬車はゆっくりと走り出した。

門を抜けて街へと消えて見えなくなるまで、俺たちは手を振り合った。

見えなくなってからも、どこか名残惜しくて手を振り続けた。

昨日はああ言ったけど、胸にぽっかりと穴が空いた気分だ。本当は俺が誰よりも引き留めたかった……。

「ルルク、屋敷に戻ろう。大丈夫、互いに見えなくても空は繋がっているさ」

そんな俺の肩に優しく手を置いたのは兄のララハイン。

優しい兄に促され、踵を返そうとした——そのとき。

門のほうから怒声が聞こえてきた。

「誰だ貴様！　ここが領主様の屋敷と知ってのことか！」

なんだ？

ここからじゃ少し遠いけど、喧騒とは離れている街の端だ。声はよく通るし扉はまだ閉められてないからハッキリと見えた。

門兵が槍をつきつけていたのは、頭から黒いローブを被った人物だった。

剣呑な雰囲気だ。まさか領主の屋敷に敵襲ってわけじゃないだろうけど。

「いいから答えろ！　何者だ！」

「私？　通りすがりの旅人よ。ちょっと用事があるから通して頂戴」

「ふざけるな！　速やかに立ち去らなければ捕縛するぞ！」

……？

俺は少し違和感を憶える。なんというか、ちぐはぐな印象なのだ。いま俺が見ている風景に何か情報が足りないというか、歯に物が挟まったような。

そのローブ姿の不審者に感じる何かに答えが出る前に、そいつはこっちをチラッと見た。

「ルルク、すぐ屋敷に入って――」

「見つけた」

ララハインが俺の前に出ようとしたとき、そいつは俺を見てニヤリと笑った気がした。

その次の瞬間、俺は肌が粟立った。

目の前に、そいつが立っていたからだ。

まるで瞬間移動だ。ヴェルガナが使う高速移動の魔術とは圧倒的に性能が違う、瞬きひとつする間もない移動術だった。

それは魔術ではなく――

「衛兵出会え！　侵入者だ！」

「へえ。いい反応するわね」

即座にララハインが叫び、俺と謎の人物の間に体を滑り込ませた。俺を守るように背中で後ろに押しやる。さすがイケメン兄貴、助けられるヒロインの気持ちがわかるぜ。

すぐに門兵や騎士たちが駆けつけてきて、ララハインに剣を手渡した。

謎の人物は兵士たちに囲まれるまで様子を窺っていたが、ある程度の人数が集まると不意にローブを脱いだ。

その瞬間、いままで疑問にすら思わなかった彼女の外見を認識する。

腰まで伸ばした長い黒髪。

鼻の低い薄い顔。大きな瞳に、鮮やかな赤い唇。

黄色がかった白い肌。

年は十八歳くらいだろうか。

「……え?」

俺は思わず声を漏らしていた。

その顔はどう見ても――

「日本人……?」

その言葉が、つい口から出てしまった。

一瞬、俺以外にも転生者がいたのかと思ったが、転生なら外見もこちらの世界の基準になるはずだ。見た目がそのままなら、それは転移者だ。

それは明らかに東洋風の顔立ちだった。

長い黒髪に薄い顔の美少女。

転生でも転移でも、どっちにしろ日本の記憶はあるだろう。

だが俺のつぶやきを聞いた少女は、かすかに首をかしげただけだった。

違う……か?

本人に心当たりはなさそうだ。この国がある大陸はかなり広いと聞くし、どこかに東洋風の国

があるのかもしれない。

「見知らぬ少女よ。いますぐ両手を頭の後ろで組んで膝をつけ。そうすれば痛い目を見なくて済む」

「そう。それでどうするの？」

ララハインが警告すると、少女は薄い笑みを浮かべて挑発した。

聞く気がないと知ると、ララハインは即座に腰に剣を添えた。抜剣の構えだ。

「これが最終警告だ。従う気はあるか？」

「もちろんないわ」

「そうか──『雷断』！」

速い！

ララハインが地を蹴り、少女に剣を叩き込んだ。

速すぎて残像しか見えない抜剣術。

──しかし。

「ふうん。なかなか筋がいいわね」

「なっ⁉」

確かにララハインの剣は少女を両断したはずだった。少女には回避はおろか防御もする気配がなかったのだ。

にもかかわらず、斬られたはずの少女は何食わぬ顔でそこに立っていた。その体にも服にも傷はいっさいない。

「……貴様、何者だ」

「答える気はないわ。今度はこっちの番よ、準備はいいかしら？」

少女は自分を囲んでいる兵士たちに視線を走らせて、片手を掲げた。

兵士たちに緊張感が走る。

ララハインもまた、戸惑いのなかで最大限に警戒していた。

――パチン。

少女はただ指を鳴らしただけだった。たったそれだけの小さな動きが意味することは誰も知らず、もちろん俺も何が起こるか身構えて――いや違う！

「伏せろ！」

予兆に気づいて、俺はとっさに叫んだ。

その瞬間、閃光が走り抜けた。

稲妻のような速度で兵士たち全員を一度で貫いた光。ドサリ、と倒れていく兵士たち。少女に一番近かったララハインもモロに直撃を食らっていた。

十数人いたはずの彼らは、全員倒れ伏してしまった。

とっさに屈んで避けた俺は、背中に流れる冷や汗を感じていた。

「いやいや……チートじゃねぇか」

「よく避けたわね」

「ハッキリと視えたからね」

閃光が弾ける直前、この場にあった霊素が不穏な動きをした。幾重にも枝分かれするように列をなし、レーシングコースのように導線を作っていたのだ。

いまからここに攻撃が来ますよ、と言わんばかりの霊素配列だった。

俺が正直に言うと、少女は笑みをこぼした。

「いいわねあなた。合格よ」

「なんの合格？」

「そりゃあ試験に決まってるでしょ」

だから何の試験なんだ。

公爵家に攻め入る狂人に、抜き打ちテストの監督を頼んだ憶えはないんだけど。

「……じゃあ、合格祝いで帰ってもらってもいい？」

「ふふ、キミ性格悪いって言われない？」

「まさか。よく良い性格してるって褒められるよ」

「あははは」

「下がれルルク！『シャイニングランス』！」

倒れていたララハインが、不意を打って魔術を放った。

光の槍が笑っていた少女の腹を貫く。

ララハインが飛び起きて、そのまま少女の首や胴体に斬りつける。目にもとまらぬ剣撃を繰り出しているが、やはり少女の体をすり抜けてしまう。

「奇怪な！　新種の死霊か⁉」

「あら、魔物と一緒にしないでもらえるかしら」

「バケモノには変わりないだろう！」

「失礼ね」

少女はもう一度、片手をスッと上げた。

さっきの攻撃の前動作だ。

雷の範囲攻撃が来る。

「くそっ！」

ララハインは躊躇うことなく少女に背中を向けて俺を抱えると、大きく後退した。

少女はすぐに手を止めた。

逃げる相手は追わない主義なのか、俺を巻き込みたくないのか……どちらにせよ、隙だらけの
ララハインには手を出すつもりはなさそうだ。

「ルルクすまない。守りながらだと厳しい相手だ、隠れていてくれ」

「は、はい」

俺は素直に近くの植え込みの陰に隠れた。

正直、戦いについていける自信がまったくない。

これがこの世界の強者同士の戦いなのかと足が震えていた。

　ララハインが戻ると、少女は感心したような笑みを浮かべていた。

「さすが理想の騎士を体現したような精神性ね。〝閃光〟のララハイン」

「僕を知っているのか」

「そりゃあ、若くして騎士団最強と呼ばれる相手だもの。知らないほうがおかしいんじゃないかしら？」

「最強どころか実力不足を痛感しているところだよ」

　沈痛な表情を浮かべていた。

　年中反抗期の悪ガキ（ガウィ）が憧れるだけあって、実力も性格も地位もすべてが理想的なララハイン。

　その我がムーテル家自慢の次期当主であっても、なぜか少女にかすり傷ひとつ負わせることができない。

「透過スキル……いや、高度な空間干渉スキルか？」

「それを看破するのが戦いの醍醐味じゃなくって？」

「生憎、戦いを楽しんだことなどないんでね――『シャイニングパージ』！」

　ララハインが空に手を掲げると、空からララハインめがけて強烈な閃光が降ってきた。それを構えた剣の側面で少女に向かって反射して、不意打ちの目くらましを放つ。

　少女がつい目を閉じた瞬間、

「『ラインパルサー』！」

　ララハインの体が閃光のように、少女の背後に瞬間移動した。

速いなんてもんじゃない。瞬きひとつする間もなかった。

これが〝閃光〟と呼ばれる由縁なのか。こんな速度で動かれたら、どんな攻撃も当たらないだろう。

ララハインはそのまま剣を振りかぶる。

しかし少女は後ろを取られたことにも動じてなかった。

「速さなら勝てると思った？」

「なっ！」

ララハインの剣は空を切っていた。

少女もまた、ララハインの背後に瞬間移動していたのだ。

最初に見せた転移術。

やはり間違いない。

この少女は――

「……神秘術士だ」

少女が動くたびに、周囲の霊素がまるで舞台に上がった役者たちのように踊り出す。

その操作技術は俺とは比較にならないくらいに速く、正確で、そして何より美しかった。

神秘術。

かつては三大技術のひとつと称されたものの、魔術が席巻するこの時代ではすでに廃れてしまった。絶滅しかけていると言ってもいいほどに、人々とは無縁のものになっている。

『三賢者』の物語がなければ、とうに忘れ去られてしまっていただろう。

それを、まさか公爵家に攻め入ってきた少女が見事に使いこなしているなんて。

俺は霊素と軽やかに踊るその黒髪の少女に、目を奪われていた。

「……すごい」

相手は公爵家に攻め入っている狂人だ。

それなのに、俺の心臓はなぜか高鳴っていた。

「くっ、なぜ通じない！」

「なぜかしらね、ふふ」

必死に応戦するラフハインと戯れる、謎の神秘術士の少女。

あきらかに楽しんでいる。

――神秘術が戦闘に向かない？

――何の役にも立たない？

俺は、自分の見地の狭さを痛感していた。

学問の入り口に立っただけで、その世界を知った気でいた。まるで本当の空の高さにも気づかず、井の中で悟ったようなことを言っていた小さな蛙だった。

世界はこんなにも広いんだぞ。

俺は、少女にそんな風に言われている気がした。

「せやああ！」

ララハインは何度も少女に斬りかかる。

ときには魔術で攻撃し、瞬間移動を使い、目にも留まらぬ速さで連撃を繰り出す。

しかし少女は最小限の動きで躱し、転移で避け、そしてときには動かずに斬られているものの、すべて無傷。

「これも通じないのか！」

「ふうん。魔術も速く正確で魔力も高い。優秀ね」

「傷ひとつつけられず、何が優秀か！」

凄まじい速度の攻防が繰り広げられる。

植え込みの近くを魔術の余波や雷が通るたびに、俺の背筋がピリピリと恐怖で震えた。

逃げたくなる気持ちを、何度か『冷静沈着』が発動して抑えてくれる。

このスキルがなければ漏らしてたかもしれない。

それくらい迫力のある戦いだった。

「くそ、当たりさえすれば！」

「当たれば私に勝てる？」

「無論だ！」

「そう。じゃあそっちに合わせてあげる」

そう言った瞬間、少女はララハインの剣を**指先**で受け止めていた。

指二本で白刃取りなんて、もはや曲芸の域だ。

「なに⁉」

「受けられないからすり抜けてたんじゃないのよ。腕を動かすのが面倒だっただけ」

「ふ、ふざけたことを――」

「とはいえ剣の腕も申し分なし。さすがあの子の弟子ね」

その意味深なつぶやきは、ララハインには聞こえていなかった。

「はあああ！」

その後もララハインは諦めることなく斬りかかっていく。

戦いが続けば続くほど、実力差が露呈していく。

俺は劣勢のララハインに加勢することはできなかった。

路地裏の死闘のときとは違って、知恵や駆け引きでどうにかなるレベルを遥かに超えている。

これでも両者ともに、屋敷や倒れている兵士たちに影響が出ないように戦っていた。

ララハインは肩で息をしながらも、体力はまだまだ余裕がありそうだった。少女は言わずもがな呼吸ひとつ乱していない。

これは長引きそうだ――と思ったときだった。

「そろそろお終いにしましょうか」

「ぐあ！」

すれ違いざま、ララハインが足を払われて倒れ込んだ。

手玉に取られ、良いように遊ばれて転がされる。

まるで大人と子どもの戦いだった。

「まだまだ――」

「楽しかったわ。またいつか遊びましょう」

少女が指を弾くと、さっきより明らかに速度が増した雷閃が、ララハインの体を撃った。

ビクリと全身が跳ねて剣を手放してしまった。

頼りの兄は、とうとう気を失った。

「さてと」

少女はひと息つく間もなく言った。

「まだそこにいるのはわかってるわ。隠れてないで出てらっしゃい」

俺が身を潜めている植え込みに、迷うことなく視線を向けてくる。

透視できるんじゃないかってくらい真っすぐに俺を見ていた。

隠れてても無駄らしい。

俺は素直に姿を現しておく。

「隠れてないよ、植物より成長が遅いだけ」

「よくも兄を……とは言わないのね？」

「よくも兄貴を。許さないぞ」

「堂々と逃げ道探しながら言ってどうするのよ」

いやいや、ララハインが手も足も出ない相手に俺が敵うわけないだろ。

俺がやるべき最善手は、我が公爵家最強の裏ボス——ヴェルガナにこの窮地を知らせることだ。

本当なら隠れてやり過ごしたあと、こっそり探しに行くつもりだったけど。

というかこれだけ派手にやり合ってるんだから、気づいてもいいはずじゃないか。

俺が隙を窺っていると、少女は呆れていた。

「守ってくれたお兄さんに感謝はないの？」

「大いにあるよ。でもどれだけ感謝で殴っても敵は倒れないから」

「そりゃそうだけど……口達者がすぎるのは今後矯正する必要がありそうね」

「矯正？」

まるで俺を鍛えるような言い草だな。

首をひねった俺に、少女が手を伸ばす。

思わず肩をすくめた俺だったが、少女の背後からとてつもない気配が膨れ上がった。

「『ホーリージャッジメント』！」

ララハインだった。

意識を朦朧（もうろう）とさせてなお、俺の身を案じて立ち上がった兄貴のなかの兄貴。

浄化の光が空から降り注ぎ、周囲一帯が白く埋め尽くされる。

「ルルク……僕の、後ろに……」

「ほんと真面目ね」

フラフラと倒れそうになったララハインを支えたのは、敵対していたはずの少女だった。

「この子に危害は加えないわ。安心して眠りなさい」

「……」

糸が切れたように気絶したララハイン。

少女はその体をゆっくりと地面に横たえていた。

俺はすぐに駆け寄った。

「兄貴！」

「大丈夫よ。かなり手加減したし、そのうち目が覚めるわ」

俺の頭をポンと撫でる少女。

その言葉通り、ララハインの寝息は穏やかだった。

ほっと息をつく。

「善良なお兄さんを持ったわね」

「うん。領主の家に攻め込む通り魔に比べたら聖人だよね」

「ほんと生意気ね」

ぐりぐりと頭を押さえられた。

その手にはなんの悪意も害意も感じなかった。

本当に俺には危害を加えるつもりはないらしい。

「あなたも少しはお兄さんを見習いなさい」

「……説教のつもり？」

「そうよ」

少女はクスリと笑っていた。

どこかで見たことのあるような、そんな気がする笑みだった。

「というか、お姉さんは誰なの？」

「ああ、自己紹介がまだだったわね。私はロズ。もしかしたら、あなたが出会う初めての神秘術士じゃないかしら？」

少女――ロズは俺の頭から手を離して言った。

ロズか。

短い名前は憶えやすい。けど、どこかで聞いたような……。

そう考えてすぐに思い出した。

「……ロズ？　まさか!?」

ハッとする。

その名は、この世界でもっとも有名な名前のひとつだった。

ベストセラー小説『三人の賢者と世界樹』をはじめ、いくつもの物語や伝承に登場している伝説の存在。

この国の有史以前――数千年も前から生きていると言われている、不老不死の怪物。

「もしかして……〝神秘王〟ロズ？」

声が、震えた。

神秘術を統べる王位存在として、太古から語り継がれている唯一の人間。

それが神秘王だ。

少女——ロズはうなずく。

「そうよ」

俺は納得していた。

俺とは比較にならないレベルの霊素の操作技術。どれだけ攻撃されても傷ひとつ負わない無敵の肉体。明らかに言動とそぐわない若い見た目。

この人が、そうなのか。

生きる伝説を前に、心の中に嵐が吹き荒れる。

その神秘王は俺を真っすぐ見て、ハッキリとつぶやいたのだった。

「あなた、私の弟子になりなさい」

こうしてその日、ふたつの〝神秘〟が邂逅したのだった。

つづく

Tips

クラスメイト一覧
：出席番号順

Mystic Child

秋元美都里
飯塚晃
猪狩豪志
一神あずさ
稲葉羽咲
五百尾憐弥
遠藤保津
岡崎智弘
鬼塚つるぎ
恩納那奈
加藤正平
木村誠一
金城美咲
九条愛花
小早川玲
桜木メイ
四葉幸運
宍戸直樹

瀬戸ナディ
橘萌
舘田由香
茅ケ崎六郎
秩父一真
徳間十三
富安絵梨
七色楽
二階堂ゆゆ
ネスタリア＝リーン
野々上ちこ
二十重岬
八戸結花
福山翔
藤見初望
真壁圭太
三田真治
山柿聖也

↓
（ルルク＝ムーテル）

山口由紀
吉田愛
吉村光
綿部寧音

Tips　【三人の賢者と世界樹】（以下、『三賢者』）

全十巻からなる世界的ベストセラー小説で、初版は七百五十年前。

物語の舞台は八百年前で、主人公は〝魔術の賢者〟の青年。

内容は、彼が幼馴染の〝理術の賢者〟と祖国の王女の〝神秘術の賢者〟とともに、世界樹を探す旅をしながら人々を助けていく――という英雄譚。

物語の最中で賢者たちにはそれぞれ師匠ができるのだが、師匠たちのなかでも〝神秘王〟は頭ひとつ飛び抜けた存在だった。

ちなみに賢者たちの目的は、辿り着けさえすればどんな願いでも叶えることができるという世界樹を見つけて、願いを叶えてもらうこと。

主人公は『失くした母親の形見を取り戻すこと』

理術の賢者は『生き別れた弟と再会すること』

神秘術の賢者は『祖国から飢えを無くすこと』だった。

この『三賢者』が何百年も売れ続けている理由のひとつが、物語の最後に賢者たちが人助けのために創設した組織【冒険者ギルド】が世界中にあり、いまも人々の役に立っているため。

その名残でいまでも冒険者ギルドの看板には、三賢者の姿が描かれている。

『三賢者』の著者は、魔術の賢者本人だと一般的には認識されているが、写本版に署名はいっさいなく、じつは魔術の賢者の弟子だという説もある。

著者が明確に記されているはずの原本は、史学・考古学の観点からみても大変貴重な資料のため、長い間多くのファンが血眼になって探している。


多くの写本版が出版され、展開も版元により若干違っていた。だが二百年前に印刷技術が確立されてから、物語構成は人気のパターンに一本化された。

なお一部ファンが写本版と原本の結末の違いについて、いまだ頻繁に検討会を開くのだとか。

彼らによると、現行版（写本版）の結末では世界樹を見つけられずに終わっているが、原本では世界樹を見つけて願いを叶えたのではないか、という推察がある。

（※八百年前、世界中で同時発生した歴史資料の不可解な一部消失、ならびに世界樹の記録消失事件が起こり、これらは世界樹による世界改編の影響ではないか、と一部ファンは主張している）


実際に『三賢者』がどこまで事実に基づいているかは定かではない。

だからこそ熱心なファンたちは、いまもどこかに現存するという原本を探し続けている……。

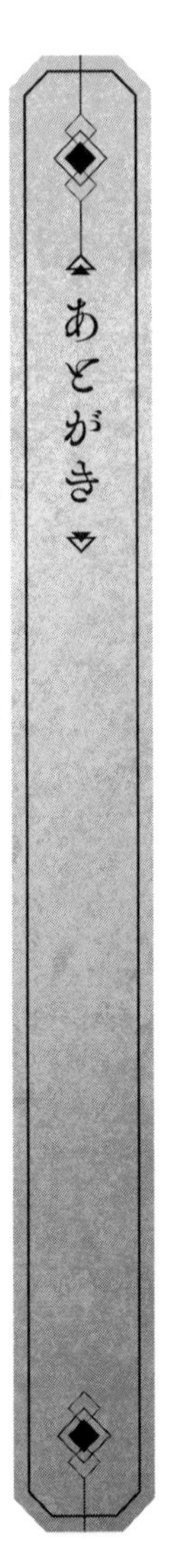

あとがき

皆様初めまして。作者の裏山おもてです。

この度は本書『神秘の子』を手に取って下さり、本当にありがとうございます。ならびにこのあとがきまで目を通して頂けて、嬉しい限りです。

本作品は『小説家になろう』で開催している【ネット小説大賞】にて金賞を受賞し、出版となりました。私にとっては本作が初めての商業作品になります。まだよちよち歩きの新人作家ですが、少しでも楽しんで頂けたら幸いです。読者のみなさまをはじめ、賞を主催するクラウドゲート株式会社様、ならびに出版元の株式会社双葉社様には厚くお礼申し上げます。

さて、本編はお楽しみ頂けたでしょうか。それとも、あとがきから開いていらっしゃるでしょうか。せっかくの機会なのでストーリーや好きなキャラについて思う存分に語りたいところではございますが、あとがきを先に読むかたにネタバレするわけにもいかないので、作品そのものをざっくりと解説したいと思います。

本作は構想に二年をかけており、転生世界の状況、歴史、経済や作中に出てくる文学書など、いろんな要素を勉強し参考にさせていただきました。

いまや『なろう系』と表現されるいわゆる転生作品のひとつですが、登場する国や街などにこまやかなルーツを持たせて、少しでもリアリティの高い世界になるよう描いております。

食文化などの主人公にも関わりやすい部分は、断片的にでも情報を出しております。ですが、ストーリーを楽しむ邪魔にならないように気をつけて、控えめにしておきました。技術体系など裏設定もなるべく作り込んでいるので、本編のなかで隠れた部分に気づけるかもしれません。

とはいえ、作り込まれた設定はあくまで楽しむための下準備。

少しでもストーリーを楽しんでいただけるよう、作家として精進していきたいと思います。

それと本編をすでにお読みのかたはわかると思いますが、作者は会話劇が好きなのでパロディやギャグを多く仕込んでいます。担当編集者のSさんから「省略しましょう」や、「このネタはまずいです」とご指摘を頂くくらい、やや暴走気味に作者の私が一番楽しんで書いていました。おかげで担当編集者様、校正様は大変苦労したと思います。いやほんと、ごめんなさい。

そして本作を作り上げていくうえで大事な要素がもうひとつ。

そうです。イラスト担当の生煮え先生です。

生煮え先生、この度は美麗なイラストを本当にありがとうございます。

本作の魅力を１０００％引き出していると言っても過言ではありません。作者としては本編にも全ページつけて欲しいという気持ちです。とくにガウイ君のむっちり具合が大好きです！

さて、どうやら時間が来たようです。では最後になりますが、このあとがきにも作者裏山おもての遊び心を簡単に散らせておりますので、見つけて頂ければ嬉しいです。

それでは皆様、また次巻でお会いしましょう！

本書に対するご意見、ご感想をお寄せください。

あて先

〒162-8540 東京都新宿区東五軒町3-28
双葉社　モンスター文庫編集部
「裏山おもて先生」係／「生煮え先生」係
もしくは monster@futabasha.co.jp まで

神秘(しんぴ)の子(こ)～数秘術(すうひじゅつ)からはじまる冒険奇譚(ぼうけんきたん)～

2024年12月２日　第１刷発行

著　者　裏山(うらやま)おもて

発行者　島野浩二

発行所　株式会社双葉社

〒162-8540　東京都新宿区東五軒町３番28号

［電話］03-5261-4818（営業）　03-5261-4851（編集）

https://www.futabasha.co.jp/（双葉社の書籍・コミック・ムックが買えます）

印刷・製本所　三晃印刷株式会社

［電話］03-5261-4822（製作部）

ISBN 978-4-575-24787-9 C0093